LIBERTINE

Roman - 2022

Docno

Les personnages et les événements décrits dans ce livre sont fictifs. Toute similarité avec des personnes réelles, vivantes ou décédées, est une coïncidence et n'est pas délibérée par l'auteur.

Concepteur de la couverture : Docno
Imprimé en France

à ma libertine et douce amie Cécile

Niente e vero, tutto e permesso. Requiescat in pace.

INTRODUCTION

Roman biographique, un épisode de la vie mouvementée du célèbre professeur Stan. Vous ne connaissez pas ? Justement...

Une plongée dans le monde du libertinage tendance SM avec emprise psychologique et perversion narcissique.

Toujours beaucoup d'humour décalé et impertinent.

Du sexe torride, de l'amour vrai, de la romance ou presque.

Une fois commencé, vous ne pourrez pas lâcher ce roman. Satisfaction garantie.

Toujours le style vivant et facile à lire... c'est un Docno, cela ne se lit pas, ça se dévore.

PRÉFACE

Si j'ai pû vous faire rire un peu, ou même sourire, dans le monde actuel consternant, soyez sympa vu le prix absolument dérisoire (un des rares biens de consommation qui ne subit pas l'inflation) : votre indulgence est requise pour l'orthographe et certaines tournures volontairement non conventionnelles.

N'hésitez pas à mettre un commentaire gentil, à cliquer sur la cloche bleu et à vous abonner.

Encouragez la création.

TABLE DES MATIÈRES

1

Le grand départ vers l'inconnu, le mystère inquiétant, l'incertitude consubstantielle de la peur. Pour quelqu'un comme moi, qui suis prévoyant comme tout joueur d'échecs, calculant les coups à l'avance, redoutant la surprise et l'inconnue, c'est un cauchemar, c'est un défi.
Et pourtant, me voilà prêt. Pourquoi accepter ce challenge ? Je suis comme cela, il faut toujours que je voie, que je tente, que je sache si je peux le faire. En aurais-je le courage ? En aurais-je la force ? La curiosité domine mes réticences.

Vous ne comprenez rien. Moi non plus ! Tout a commencé... Dois-je vraiment raconter ? C'est un peu personnel et gênant, cela pourrait porter à médisance... et me nuire, je le sais. Les gens sont si corsetés dans les convenances et leur morale désuète. Mais c'est tellement surprenant, hors-norme que je ne résiste pas à l'envie de témoigner, cela pourrait servir à quelqu'un.

Il y a quelques jours, je reçus une lettre étrange et mystérieuse dans une enveloppe bleue parfumée.

D'habitude je ne suis destinataire que de courriers pénibles, genre PV pour excès de vitesse, impôts, factures, relances. Qui avait pris ma peine de m'adresser pareille missive ? Cela semblait une erreur.

Lisons-la :
« *Cher professeur Stan, cher Hubert* », oui, c'est bien moi, c'est mon prénom, il faut le reconnaître, pas d'erreur.

Reprenons :
« *Je suis une admiratrice secrète, je t'aime d'un amour violent, inconditionnel et incompréhensible. Tu trouveras dans cette lettre une clé qui te permettra d'entrer au club 42. Si tu ne le connais pas (ce dont je doute fort), c'est un club libertin, rue de la Capote, dans la vieille ville de ..., une porte basse et de couleur bleu sombre qui ne paye pas de mine, c'est une ancienne léproserie ou des gens libérés se retrouvent pour s'aimer et jouir de leurs sens. Oui, dans notre société codifiée, il faut se cacher pour être soi-même et exprimer sa véritable nature. Les gens comme toi s'en fichent bien et c'est un peu la raison de ma passion à ton égard, tu t'en doutes... Mais tous n'ont pas ton charisme et ton sans-gêne.*

Cette clé, c'est plus que cela, elle te donnera l'accès à tous les plaisirs charnels que mon corps peut offrir à quelqu'un d'aussi imaginatif que toi. Je serai toute à toi, ouverte à tes moindres désirs, acceptant toutes les humiliations, les souillures, les affronts, prête à tout pour te satisfaire, ton esclave sexuelle mais aussi une amante passionnée… »

Mais qu'était ce délire ? Une femme avait pris son stylo pour m'écrire des stupidités pareilles ? C'était une blague de potaches ? Un homme comme moi dans un club libertin ? Quelle folie ! Qui peut m'imaginer dans un tel lieu de débauche ? Qui peut oser ? Mon charisme ? Certes, je n'en suis pas dénué, mais parler de sans-gêne ! Moi qui suis toujours sur mon quant-à-soi ! Il s'agissait donc d'une femme qui connaissait mon identité et mon adresse mais qui se trompait lourdement sur ma personnalité.

Je me mis alors à songer. Qui était cette mystérieuse inconnue ? D'où me connaissait-elle ? Je ne suis personne, je vis seul et oublié de la société, comme tous les intellectuels et les êtres cultivés, forcés à la misanthropie.
Il y avait piège, une arnaque, quelque chose de pourri au royaume du Danemark, si vous voyez ce que je veux dire (je parle évidemment à ceux qui lisent des livres… enfin, s'il en reste).

Une ex qui me voulait du mal ? C'était peu probable, j'en ai eu si peu, mais, nonobstant, pas tout à fait à exclure. Une vengeance de femme c'est terrible, je le sais, j'ai eu l'expérience de femmes folles, des teigneuses. Oui quand on a un physique comme le mien, on ne peut pas être trop difficile dans ses choix ;

j'ai eu mon lot de déceptions dans la vie. Et même une a voulu m'écraser avec sa petite voiture, bien qu'elle ait prétendu que c'était un « regrettable » accident !

Non, il n'y a pas à dire, les femmes sont vraiment un problème pour un honnête homme en quête d'un peu de réconfort, le strict nécessaire, pas le luxe, juste le minimum vital, car elles ont des exigences insupportables et des caprices ridicules et surtout elles ignorent tout des besoins d'un homme intelligent, l'infantilisant constamment, le rabaissant pour l'humilier.

J'étais en pleine conjecture. Que devais-je faire ? C'est à ce moment que je me rendis compte que j'avais déjà mis mes chaussures vernies mais oublié de passer mon pantalon… Oui, j'étais tellement ébranlé par ce mystère que je faisais n'importe quoi.

Et surtout, je n'avais pas fini de lire la lettre ! C'est désolant, mais il y a des gens qui ne comprennent rien à la concision, pourtant « *ce qui se conçoit bien s'énonce clairement et les mots pour le dire viennent aisément* » … Cette femme, cette tentatrice prenait un certain plaisir à faire durer le suspense.

Ainsi, j'étais prêt à partir, à me rendre à ce club sordide ? Moi ? Ce lieu de débauche et de perversion ? Un club échangiste et pas libertin d'ailleurs ! Je n'y suis allé qu'une seule fois, il y a fort longtemps, j'étais jeune et inconscient et la politesse m'obligeait un peu, il faut le dire.

À cause d'une amie, une femme d'un certain âge, frivole et qui s'avéra odieusement libertine et perverse… C'est choquant la sexualité passé un certain âge, enfin bref, déplacé… Elle m'en avait parlé et subtilement suggéré d'y aller, « pour voir », par pure curiosité intellectuelle.

— Je ne suis pas en couple, ma chère ! dis-je sur la défensive.

— Je le sais bien, mon ami… Justement ! Ce n'est aucunement un problème : il y a toujours plus de femmes que d'hommes en ce moment. Beaucoup trop de foot à la télé, si vous voyez ce que je veux dire. Vous pourriez faire une rencontre agréable et même prendre du plaisir ?

— C'est… Non, je ne pourrai jamais… C'est dégradant.

— Mais non, il faut savoir dépasser ses préjugés, faire fi de la morale bourgeoise et catho castratrice.

— J'ai une réputation sans tache… Si cela se savait… Mon Dieu… Ce serait…

— N'ayez crainte. La discrétion est de mise. On n'y trouve que des gens bien, vous savez. Des libres penseurs… des notables… Enfin comme nous, quoi.

Elle éclata de rire et me fit une bise un peu trop appuyée à mon goût. Le mal était dans le fruit. Ma curiosité aiguillonnée, je tentais bien de résister, mais il me fallut capituler. Alors, je risquai l'aventure.

Baigné dans une semi-pénombre, cela sentait le déo trop fort, la sueur, le stupre, une musique ringarde de variété française à vomir et partout des femmes allongées, exhibant leur anatomie sans la moindre pudeur, la bouche vorace et goulue, ne semblant jamais rassasiée ni dégoûtée, les mains baladeuses et sournoises. Des « vieilles » surtout, marquées dans leur chair par les rides et le relâchement, la quarantaine bien sonnée, échappées de leurs contingences familiales étriquées, culbutées par des inconnus. Je remarquai une ou deux femmes plus jeunes, certes attirantes il faut bien l'avouer, très occupées, malmenées par des types bedonnants et grognants, très laids, bestiaux et grossiers. Pourquoi faut-il que le plaisir se pare de tant de laideur ?

Mon amie « inoccupée », à l'affût, me fit un signe sans ambiguïté. La politesse la plus élémentaire m'imposait de ne point feindre de l'ignorer. J'allai à elle sans la moindre concupiscence.
Sans plus de préambule, elle s'affaira sur moi, avalant ma verge avec des bruits de succion révoltants. Oui, je l'avoue honteusement, de voir des gens copuler, j'étais en érection !
Il faut comprendre aussi la souffrance de l'Homme actuel, tant privé et limité dans ses besoins sexuels !

Mon amie nullement gênée par la promiscuité et les regards, s'allongea, jambes écartées d'une manière… Elle me projeta sur elle et entrepris un mouvement cyclique et régulier fort agréable au demeurant. Mais rien à faire… Je ne venais pas, coincé par la honte de cette situation dégradante. Cela fit de moi une sorte de héros parmi l'assistance.

Une femme de tête avec des rides affreuses se joignit à nous sans demander la permission et remplaça rapidement mon amie. Mais toujours rien ne venait. Elle sua pourtant et s'époumona. On murmura que j'étais un « pro » du sexe, que c'était déloyal vu que le club était plutôt à tendance familiale, ce qui flatta mon égo, j'en conviens.

Une autre entreprit de me branler et de me sucer en alternance avec beaucoup de vigueur. Elle s'activait comme une néandertalienne s'essayant à faire du feu. Cela faisait valser sa poitrine flasque d'une manière grotesque et consternante. Mais rien !

Finalement, j'atterris dans les « mains » d'une des jeunes femmes du groupe, si jeune et déjà si pervertie. Et... L'imprévu se passa... ce que tout mon esprit redoutait et refoulait, l'explosion jouissive totale sous les applaudissements, un bien-être absolu, une satisfaction intolérable. Elle brandit bien haut un poing vainqueur et fier, tout dégoulinant de ma substance mâle, ainsi qu'un sourire carnassier.

Combien en ai-je forniqué cette nuit-là ? Mais qui tient les comptes ? Personne ne doit le savoir ! Je n'étais plus moi-même, je ne me reconnaissais pas.

L'homme a des besoins ! Ce n'est pas en niant leur réalité que cela réglera le problème. Suis-je un monstre ? Une bête lubrique ? Je suis normal.

NORMAL ! Je suis enseignant, si quelqu'un sait ce que la normalité doit être, c'est bien moi !

De toute façon, je n'y suis pas retourné. C'est un club échangiste ! Moi, je n'ai rien à échanger ! Je ne suis personne ! Je suis désespérément seul, pour mon plus grand bonheur !

2

Je repris ma lecture édifiante de la lettre (il faudrait l'encadrer), la mystérieuse créature poursuivait son délire scribouillard.

« *Mais avant tout, il faut une première rencontre pour sceller notre pacte... J'ai besoin d'un contact avec toi, te sentir dans mes bras, savoir que tu partages ma passion, que tu me veux toi aussi, que nous sommes dans le même rêve, le même fantasme. Ce sera un lieu public, la nuit. Je ne doute pas que tu viendras, parce que je te connais, je sais tout de toi ! Tu ne résisteras pas à tes pulsions. Je te donnerai alors la date de notre rendez-vous au club, pour nos noces charnelles...* »

Cette femme était complètement folle, c'était la seule explication. J'en ai connu pourtant des cas gratinés. Il faut bien avouer que les femmes ne sont en général pas très stables, ce sont des femmes après tout, pleines de contradictions, avec beaucoup de conceptions erronées dans la tête, une prédisposition à un certain désordre organisationnel, dont leur sac à main est un faible reflet... Mais là... Championne du monde ! Elle avait la médaille ! Haut la main !

C'est simple, j'eus peur de ce délire total ! Je craignais même que la simple lecture de cette lettre me contamine et me fasse perdre le peu de lucidité qu'il me restait. Il faut dire que j'ai des tendances suicidaires et que j'évite absolument les situations trop stressantes. L'extrême lucidité qui vient avec la connaissance est un corollaire aux idées suicidaires.
Ainsi, au cours de mon initiation au saut en parachute, je tentai une sortie libératrice, tel un oiseau sans ailes. La vélocité terminale pour mettre fin aux tourments de l'existence. Résultat : je suis banni de tous les clubs désormais.

Finissons de lire la missive :
« *Je serai dans la ruelle du Gibet Saint-Jean, à l'heure du crime. Je porterai un voile noir et un imperméable assorti, sans rien d'autre sur moi. Viens ce soir, ne me fais pas attendre ! Ta servante ! C.* ».

Qui était cette C ? J'en connaissais un certain nombre des femmes dont le prénom commence par C... Mais aucune n'aurait pu faire une chose pareille. Qui avait osé ?

Un homme honnête n'aurait jamais accepté d'aller dans la rue du Gibet, la nuit, rencontrer une femme nue sous son imperméable. Aucun ! Cela sentait le traquenard à plein nez, une embuscade se finissant par une bastonnade et un dépouillement.
Mais le ver était dans le fruit. Moi, oui, moi, j'y allai, tremblant ! Et je peux dire que je râlai parce que c'est

un secteur piéton et que je hais cela par-dessus tout. Non mais ! Marcher, la nuit, avec l'insécurité qui règne dans ce pays ? Aussi, j'avais pris mes précautions et emporté ma trottinette électrique : je suis de mon époque quoi qu'on en dise.

Je surfai dans la ville endormie de sa propre connerie gaucho-écolo, moi le professeur Stan, je partais à l'aventure. Quelques brasseries étaient encore éclairées, sinon le bon peuple servile dormait du sommeil du juste pour aller au boulot le lendemain ; les moutons du Général. Les épouses avaient déjà été culbutées en missionnaire et pouvaient poursuivre leurs rêves inavouables, le job était fait.

Minuit sonna lugubre au clocher de la cathédrale et je faillis m'emplafonner à un croisement qui donnait sur la rue très étroite du Gibet. C'est une malice des trottinettes, cela embarque facilement de l'avant, c'est d'un casse-gueule ! Mais bon c'est une chose à maîtriser et sans maîtrise, la vie n'est rien.

Une forme noire sur fond obscur se trouvait là, adossée à un mur crasseux d'humidité. J'éclairai avec mon phare LED, d'une lumière cruelle, elle leva la main pour se protéger du rayon. C'était bien une femme et pas un malfaisant camé en mal de ma carte bancaire.
— C'est vous C ? fis-je, poliment, d'une voix ferme, tentant de prendre l'ascendant.
— Hubert ?! Oui, c'est bien toi ! J'ai failli attendre...

C'est flippant ici, finalement... Je... n'imaginais pas cet endroit... comme ça... Tout est tellement décevant !
— Que me voulez-vous ? Je ne vous connais pas. Vous n'imaginez tout de même pas que je puisse avoir une relation contre ce mur ? Cela sent affreusement l'urine !
— Mais non ! s'exclama C. Ça ne devait pas se passer comme ça ! Tu fiches tout en l'air !
— Mais quoi ?
— Rien ! Tu ne comprends rien ! Tu es un idiot !
— Faites voir votre visage, madame ! Dévoilez-vous !
— Ne m'approche pas ! Malotru !
— Montrez-vous !

J'approchai de cette C de malheur. Un voile ténu masquait un peu ses traits, mais on devinait une grande beauté, une expression hautaine, une femme d'une quarantaine d'années, blonde, élancée que je ne connaissais pas.
— Je garderai mon voile !
— Pourquoi ? C'est un signe religieux ostentatoire ! Au nom de la république laïque...

Elle eut un léger sourire et retira son voile. Un regard bleu, des yeux durs, quelques rides, beaucoup en fait, malgré le maquillage un peu chargé.
— Monsieur est satisfait ? Tu veux aussi me fouiller ?

Elle ouvrit d'un geste autoritaire son imperméable et dévoila un corps... Sa nudité parfaitement épilée brûlait les yeux. Une telle impudeur, en pleine rue… C’était tellement inconvenant. J’en restai pantois. Elle passa devant moi, me repoussant d’un geste sec, tout en refermant son vêtement.

— Tu es… Oh ! Je suis tellement déçue ! Tu es si différent en réalité… Je me suis affreusement trompée.

— Mais enfin, je ne vous connais pas, madame ! Et permettez-moi de vous dire que votre conduite...

— Non ! Jamais ! Avec toi, jamais ! Tu es si insignifiant ! Tu ne pourras pas me dominer...

— Mais qu’est-ce que vous racontez ?

— C’est… Non, inutile que je t’explique…

— Ah, non, c’est un peu facile ! Je suis venu ici, dans la nuit, dans cette rue sordide, ce quartier piéton que je déteste au plus haut point… au risque de… Enfin bref, j’ai pris tous les risques ! J’ai droit à un minimum d’explications.

— Tu viens à un rendez-vous érotique en trottinette ? C’est une blague ! Tu ne comprends rien !

— Savez-vous bien à qui vous parlez ? Je suis le professeur Stan ! Si quelqu’un sait, c’est moi, si quelqu’un comprend, c’est moi ! Pour votre information, je déteste marcher et nous sommes dans ce maudit secteur piéton !

Elle remit son voile avec soin et me regarda intensément, fit quelques pas, faisant claquer les talons de ses escarpins. Finalement, probablement par lassitude, ou plus prosaïquement manquant de

candidats, elle opina :
— OK. Je te donne une nouvelle chance. Tu pourras te comporter en gentleman ?
— Mais enfin madame ? Pour qui me prenez-vous ? Je suis golfeur !

Elle fit un geste péremptoire de la main et me pointa de l'index. Un geste coutumier d'une… enseignante ! Cette assurance, ce maintien… Elle avait le goût du sévice corporel chevillé au corps, comme beaucoup d'enseignantes qui marquèrent au fer rouge ma mémoire d'écolier.

J'en ai connu des enseignantes qui avaient perdu la tête, un effet pervers du métier. Et voilà que ce numéro était tombé sur moi.
— Tu pourras me dominer et m'humilier pour me donner la jouissance ultime ? demanda-t-elle, d'une voix forte.
— Hein ?
— J'ai besoin d'un maître ! Peux-tu être cet homme ?
— Vous êtes complètement malade !
— Assume ta perversité ! Sors de ce corps lamentable de prof couvert de poussière et de médiocrité ! Je t'offre une chance de révéler ta nature profonde, de vivre une grande aventure ! C'est inespéré pour quelqu'un comme toi !
— Alors, écoutez-moi bien…

Elle m'agrippa par le col de ma veste.
— Ose dire que tu n'as pas envie de ce corps ? Ose le

dire ! Imagine ce qu'une femme comme moi peut te donner comme jouissance... Aucune limite, que ton imagination. Tu pourras tout me faire, tout me faire subir... Les pires déviances, les fantasmes interdits et inacceptables... J'accepterai tout !
— Jamais ! Vous m'entendez, jamais ! Lâchez-moi ! Je vous demande de me lâcher !
— Tu n'aimes pas les femmes, c'est ça ?
— Mais non. Je vous interdis de... Cette insinuation est désobligeante !
— Je veux sentir tes mains sur mon corps, tes doigts dans ma chatte...
— Vous... Hein ? Dans la rue ? Vous n'y pensez pas !

Elle me bouscula au point que j'en laissai tomber ma trottinette ! Ardente comme une braise, saisie d'une passion dévorante et totalement inappropriée, elle profita de ma surprise pour m'embrasser la bouche. Elle sentait le tabac froid, au point que c'en était suffocant. Sa langue m'envahissait péremptoirement, ses mains exploraient mon corps.

Soudain, elle me repoussa avec une telle violence que je manquai tomber, m'empêtrant dans ma trottinette gisante.
— Non, tu ne me prendras pas ce soir comme une chienne dans la rue. Pas ce soir !
— Mais enfin madame... Reprenez-vous ! Votre conduite est indigne de...
— Non, tu n'es pas prêt...
— Allez-vous m'expliquer ce que tout cela signifie ?

D'où me connaissez-vous ?

Pour toute réponse elle me toisa et partit d'un éclat de rire grinçant. Elle se fichait de moi avec une telle vulgarité que je m'en sentis offensé.
— Êtes-vous sous l'emprise de stupéfiants ou pire d'antidépresseurs comme toutes les enseignantes que je connais ?

Elle se figea, une moue se dessina sur sa bouche.
— Mais… Non, tu vois, cela ne devait pas se passer comme ça… Mais tu es tellement… Passif, indolent, circonspect… Non, c'est impossible… Je t'aurais tout donné… Et même plus...
— Parce que vous imaginez que...
— Ose dire que tu n'as pas envie de moi, pervers ! J'ai vu comment tu m'as regardée !
— Je n'ai pas regardé ! Vous avez dévoilé avec une telle impudeur...
— Menteur !
— Je ne vous permets pas !
— Adieu !
— Allez-vous au moins me dire votre nom ?
— C'est Carine, voilà ! Satisfait ?
— Carine ? Il fut un temps, je connaissais une Karine… avec un K. Veuillez épeler ?
— Laisse tomber ! J'ai fantasmé sur toi… Je suis complètement folle… J'imaginais des choses insensées… C'est Carine avec un C, comme *Cécile* !
— Avons-nous travaillé dans le même établissement ?

Elle souffla, visiblement agacée et m'asséna un terrible et humiliant :
— Oui, pour mon malheur j'ai croisé ta route au cours d'une formation... C'est tout l'effet que j'ai fait dans ta mémoire ? Tu pourrais au moins faire semblant. C'est vexant !
— Mais madame...
— Ne m'appelle pas comme ça, imbécile !
— Pardon mais... Pardon mais pour quelqu'un qui veut subir de l'humiliation, je vous trouve bien rétive...
— Monsieur se prend au jeu, alors ?
— Vous avez besoin d'aide. En tant que collègue, j'ai un devoir...
— Connard...

Elle me laissa en plan, s'éloignant sans un mot.
— Attendez ! Je vous raccompagne à votre voiture. Avec l'insécurité qui règne dans la ville... Une femme seule... Habillée comme vous l'êtes...
— Que pourrait-il m'arriver de mal ? Un viol collectif ? C'est un de mes fantasmes !
— Non pas vous ! Une enseignante ! Allons...
— Laisse-moi !
— Je ne vous dérange pas, je marche simplement à vos côtés.

Agacée, elle s'immobilisa et me fit face :
— Tu pourrais m'aimer... un peu ?
— Mais enfin... C'est une question difficile...

— Réponds ! Ne tergiverse pas !
— Ma foi… Mais oui… Dans d'autres circonstances…
— Mais mon pauvre, aucune femme ne peut te croire !
— Pourquoi me dites-vous cela ?
— Mais ton hésitation tout simplement, ton manque de spontanéité !

Elle sortit un paquet de cigarettes :
— Je préférerais que vous ne fumiez pas…
— Mais c'est un monde ce type ! C'est monsieur la vertu ! Moi, je te connais… Tu n'es pas irréprochable… Loin de là… Sous tes airs compassés…
— Je disais juste que… c'est très mauvais pour la santé ! Les études sont… Pourquoi me dites-vous cela ?
— Tais-toi ! Tu m'agaces !
— C'est aussi très mauvais pour la peau et les rides !
— Parce que tu trouves que j'ai des rides ?
— C'est… Hé bien… Cela se remarque à peine… D'ailleurs tout le monde en a…
— Mais quel salaud ! Et dire que j'étais prête à t'aimer comme une folle ! Je t'aurais tout donné, tout !
— Mais je n'ai rien dit qui…
— Ma voiture est ici ! Tu peux me laisser. Adieu, monsieur le nullard !

Elle s'engouffra dans sa Citron familiale, claqua la porte et après quelques manœuvres laborieuses pour s'extirper du créneau, s'en fut. Cette Carine, c'était probablement une mère de famille qui voulait s'offrir le frisson pour sortir de sa zone de confort. Une femme frustrée qui rêvait d'une autre vie d'aventure.

Je restai méditatif sur toute cette invraisemblable histoire de longues minutes. La cloche de la cathédrale sonna lugubre pour les quelques égarés encore éveillés et me rappela à la réalité. D'un mouvement leste, je grimpai sur mon engin et cheminai dans les rues désertes au doux ronronnement du moteur électrique. Discret comme une… hyène !

3

Dans les jours qui suivirent, je restai dubitatif sur la probabilité d'avoir des nouvelles de cette femme. Je penchais vers la négative : manifestement, je l'avais profondément déçue sans avoir rien fait de mal, bien au contraire, je me considérais comme irréprochable.
Il était d'ailleurs inutile d'essayer de la comprendre aussi j'avais décidé d'oublier l'épisode Carine et de reprendre le cours de ma vie et mes habitudes.

Au demeurant, aurai-je pu avoir une relation avec elle ? Certes elle avait un certain charme et même « des » charmes. Mais surtout, je me sentais une sorte d'obligation de lui venir en aide, car manifestement, elle errait dans une grande confusion.

Profondément mélancolique à la correction des copies du bac et consterné de l'ignorance crasse de la jeunesse actuelle qui considère que L'Oréal est un opéra célèbre d'un certain Diver, ou que la France fait partie de l'Afrique.

Assis à mon vieux bureau grinçant, pestant contre mon Mont-Blanc fuyant son encre, je fus surpris de

la sonnerie inopinée de mon téléphone. J'hésitais longuement à répondre, le numéro étant masqué.
— Bonjour Hubert… Je te dérange ?
— Qui me parle ?
— Tu le sais bien…
— C'est madame Musquin ?
— Mais non, ce n'est pas « madame » Musquin ! C'est Carine !
— Avec un K ? Cela fait si longtemps… Je ne pensais pas...
— Non, avec un C comme connard !

Cette réplique cinglante, empruntée à *l'as des as*, me fouetta le sang. Je réalisai que c'était la folle… Je veux dire l'excentrique femme de l'autre soir.
— Ah… C'est vous ma chère… Vous connaissez mon numéro ? Comment ?
— Tu bosses ? Un enseignant de ton niveau… Oui, tu dois bosser.
— En effet, je suis en pleines corrections. Et vous ?
— Moi ? Je pensai à toi… Notre rendez-vous nocturne… Ce que tu m'as fait.
— Mais je ne vous ai rien fait !
— Nous n'avons pas la même appréciation des choses, on dirait.
— Mais enfin ! Vous n'allez pas prétendre…
— L'intention mon cher ! L'intention suffit à faire condamner ! Et l'intention, tu l'avais !
— Comment pouvez-vous dire ça ?
— Ton regard concupiscent sur ma chatte ! Tiens, tu

veux la voir ?
— Hein ? Quoi donc ?
— Ma chatte ? Je t'envoie une photo… C'est cadeau.
— Certainement pas. Je vous défends de…

Une petite sonnerie m'avertit de l'arrivée d'un SMS. Cette nymphomane, cette maniaque avait osé ! C'était scandaleux.
Tout retourné, je restai sans réaction, comme pétrifié. Fallait-il aller regarder ce message ? N'était-ce pas en soi déjà répréhensible, une faute ? Mais le pire, c'est que cette photo porno, ce sexto, était à présent dans mon téléphone ! Cette femme avait souillé mon iPhone !
— Alors ? tu aimes ce que tu regardes ? Tu n'es pas en train de te branler, au moins ? Fais-moi profiter !
— Madame je vous demande de vous arrêter ! Comment osez-vous proférer de telles insanités ?
— Raconte-moi ce que tu ressens, je me caresserai avec toi…
— C'est odieux ! éructai-je.
— Oh oui ! Laisse venir ton plaisir… Je sens ton excitation, ton trouble ; je mouille.
— Cessez ce jeu ignoble !
— Tu aimes m'exciter, espèce de salaud.
— Je n'ai même pas regardé ! Vous divaguez !
— Menteur !
— Je ne vous permets pas de douter de ma parole. Je suis un honnête homme !
— Tu n'oses même pas regarder… Tu n'es qu'une

déception sans nom, un pauvre mec. Salut !

La communication coupa sèchement, me laissant ravagé et en proie à un trouble immense. Étais-je vraiment un pauvre mec ? Moi, le professeur Stan, bardé de diplômes, ayant deux doctorats. Et d'ailleurs, pourquoi ne pas avoir regardé, par peur ? Par puritanisme ? Cette couardise me laissa un goût amer dans la bouche. Qu'étais-je devenu ? Qu'étais-je vraiment ?

Pourtant, il fallait bien l'admettre, j'en avais envie, j'en brûlais d'envie… Revoir cette… fente épilée et offerte que j'avais entraperçue l'espace de quelques secondes… Serais-je un dépravé ? Non, simplement un homme avec ses faiblesses, un homme trop seul.

D'une main tremblante, j'allais consulter mes SMS… « Carine » était affiché en gras. Mon doigt n'osait se poser sur ce prénom sulfureux. Qu'allait-il apparaître sur l'écran de mon téléphone ? L'infamie allait-elle me sauter au visage ?
Je posai mon doigt sur le mot et fut confondu de stupéfaction. La photo d'un chat adorable faisant la sieste, en boule, s'afficha. Je ne pus m'empêcher de sourire. Le téléphone sonna à nouveau.
— Hubert… prononcé d'une voix suave, un peu grave, une voix de fumeuse.
— Très drôle, ma chère.
— Alors tu n'as pas pu t'en empêcher, hein ?
— Je me doutais que vous n'aviez pas pu

photographier votre… anatomie.
— Menteur ! Pervers ! Voyeur !
— Mais… Comment osez-vous ?
— Tu l'espérais, avoue-le !
— Absolument pas !
— Tu te serais branlé sur cette photo, pendant des jours.
— Je ne sais pas pour qui vous me prenez, mais…
— Non ? Tu ne l'aurais pas fait ?
— Mais non, bien sûr ! Je l'aurais effacée immédiatement !
— Idiot ! Tu n'assumes pas tes fantasmes ! Tu n'es pas un homme !

Et puis plus rien. Elle avait de nouveau raccroché. Allez comprendre les femmes. Surtout les intellectuelles, elles ont lu trop de livres sans avoir assimilé. Cette femme n'était que méchanceté et dénigrement. Je décidai de l'oublier et de ne plus lui parler quoi qu'il arrive. Elle était toxique.

Mais quelques minutes après, voilà qu'elle me rappela. À mon corps défendant, je répondis :
— Hubert… de nouveau susurré.
— Encore vous ! Je ne veux plus vous parler !
— C'est vraiment ce que tu veux ? Tu ne seras qu'une déception complète, alors ? C'est ça le grand professeur Stan ?
— Vous n'avez pas honte de vous comporter de la sorte ? Vous n'avez donc aucune conscience ?
— Je ne te permets pas de me juger ! Je suis une femme

mariée !
— C'est encore pire !
— En effet. Que tu oses me faire des propositions, me séduire, et en plus me faire des reproches !
— Moi, je vous ai séduite ? C'est du délire…
— Ton aura, ton charisme… Mais à présent…
— Pourquoi faut-il toujours que vous soyez si cassante ?

Elle resta silencieuse un moment.
— Tu as raison, je suis injuste, admit-elle. Non, je ne voulais pas qu'on se quitte comme ça. J'avais pensé qu'on pourrait se retrouver pour parler... dans un resto sympa… Je pourrais t'expliquer, je te le dois bien. Pour parler et pas pour baiser, tu comprends ?
— Je ne suis pas un imbécile ! Cessez de me prendre de haut.
— Alors ? Ce resto ?
— Non, je crois que ce ne serait pas une bonne idée. Votre mari ne serait probablement pas content que...
— Ce salaud ? Ne me parle pas de ce sale type !
— Ah… Je vois… Vous traversez une crise conjugale.
— Non ! Absolument pas. Nous sommes… un couple libre. Il se fiche totalement de ce que je fais de ma vie.
— La façon dont vous parlez de votre époux...
— Je suis à bout, tu ne le comprends pas ? Et toi en plus tu me tortures !
— Mais… Absolument pas ! Je voudrais vous aider, au contraire.
— Invite-moi au restaurant, sois un gentleman.

— C'est que…
— Il faut que je te supplie, c'est ça ? Je suis prête à le faire ! Tu veux m'humilier… Je comprends, je l'ai mérité.
— Mais enfin…
— Appelle-moi Carine ! Prononce mon prénom.
— C'est ridicule.

Et voilà qu'elle raccrocha encore. Maintenant, les choses étaient claires. J'avais à faire à une grande malade. Elle me perturbait d'une manière tellement forte. J'en restai interdit. Et un nouvel appel...
— Hubert… d'une voix anéantie.
— À quoi rime toute cette histoire ?
— Tu es en colère ?
— Oui, et avouez qu'il y a de quoi ! Votre conduite est…
— On pourrait en parler ce soir, au restaurant… Comme deux adultes… Je serai charmante, promis.

Que répondre ? Le bon sens aurait été de l'envoyer balader et de lui raccrocher au nez. Je n'en avais pas le droit en tant que gentleman. Et il faut avouer que j'avais envie de la revoir. Je restais silencieux un moment, ne sachant me déterminer.
— Tu es d'accord ? Allez, dis oui. Un simple dîner avec une collègue.
— Mais…
— Tu as une préférence pour le resto ? Tu préfères une brasserie ?
— Quelque chose de simple me conviendra

parfaitement.
— Un resto collectif pour SDF dans le squat Saint-Marcel ?
— Certainement pas !
— Je vois, monsieur est snobinard.
— Absolument pas ! Je suis socialiste de gauche, républicain et laïc ! J'ai même dû me forcer pour voter M ! Mais c'était le seul choix honorable, je me fis violence !
— Je te taquine ! Je t'envoie l'adresse par SMS. Fais-toi beau.
— Un vrai restaurant, hein et pas un kebab ou un truc du genre, une insulte à la culture et à la gastronomie française ?
— Mais oui.
— Bon... Alors... à ce soir.
— Je suis impatiente... Tu veux la photo de ma chatte ?
— Certainement pas ! Vous n'allez pas recommencer ?
— Tu es sûr ?
— Certain !
— Bon... Tu ne sais pas ce que tu perds. Bisous.

Ces appels m'avaient épuisé. J'étais dans un état de nerfs terrible. Je regrettai déjà d'avoir accepté ce dîner de cons. Tout pouvait arriver avec cette femme complètement instable, délirante et sexuellement dépravée.
Quoi ? J'avais peur d'une femme ? Moi, le professeur Stan ! Peur d'une enseignante, une simple collègue ?

C'était inconcevable ! C'était un challenge à relever, je pouvais le faire, je devais le faire, cela devenait une question d'honneur.
Par ailleurs, dans un lieu public, que pouvait-il arriver ? Il fallait ramener cette pauvre créature à la raison, la guérir de sa névrose obsessionnelle.

Je résolus d'attendre de recevoir l'adresse et si l'endroit ne me convenait pas... Je refuserais tout simplement d'y aller. C'était simple !

4

Attention : scènes torrides hors catégorie. Vous voilà prévenus !

Tandis que je songeais, mes pensées se portèrent sur Carine. De toute évidence, cette femme m'émoustillait. Certes, elle était belle et sensuelle mais ce n'était pas tout. Son exubérance, sa fébrilité me bousculaient. La vérité, c'est que j'aime les femmes, c'est simple, c'est ma faiblesse. Je suis trop sentimental !

Un message apparut sur mon téléphone :
« *On se retrouve à la sortie de la ville en direction de la D914. Chez Luigi.* ».
Avec anxiété je cherchai sur internet ce qu'était cet endroit qui m'était inconnu. Je lus ce commentaire :
« *C'est, sous les dehors d'une modeste trattoria authentique, un resto chic et huppé, pour boss qui veut en mettre plein la vue à sa secrétaire et la sauter dans la foulée. On trouve autant de vieilles capotes que de mégots de cibiches sur le parking. Luigi n'est pas vraiment Italien, mais il donne le change. La cuisine est honnête et les prix à la hauteur des prétentions des*

clients. Pas encore très connu, on trouve facilement une table. »

Voilà qui n'était pas très engageant. Cependant, c'était un établissement ayant pignon sur rue, alors, je pouvais tenter l'aventure.

Mais, hélas, tout alla de travers. D'abord ma voiture, ma vieille *Golf* Diesel adorée, ma fierté, ma fidèle compagne affichant fièrement 400 000 km au compteur, comme neuve en somme… qui refusa obstinément de démarrer. J'en aurais pleuré. Je fonçai chez Seb, le « garagiste » juste en bas de chez moi. C'est une bande de jeunes plus ou moins en marge de la société, mais plein de bonne volonté et qu'il faut soutenir dans leurs efforts de réinsertion. C'est lui qui entretient mon véhicule. J'expliquai avec une pointe d'affolement, mon problème.
— Prends ma caisse ma poule, « véhicule de courtoisie ». Je t'avais dit que ta *Golf* était rincée, c'est plus qu'un tas de rouille. Tu ne veux jamais écouter.
— Mais avec les prix des voitures actuelles… Pour un fonctionnaire c'est devenu inaccessible !
— Je peux te trouver une bonne occase pour pas cher ! Pas cher !
— Comme ta Pigeot ? C'est…
— Ma Pigeot ? C'est de la bombe ! Tu n'aimes pas ?
— Avec la moumoute sur le volant et la boule de golf sur le levier de vitesse… Non, c'est…
— C'est mode ! Il faut évoluer papa !

Alors, j'ai emprunté la 207 de Seb. Heureusement, c'était la nuit, je risquais moins d'être reconnu au volant de cette « chose » ridicule. Cette voiture est une insulte au bon goût : elle pète, fait une fumée noire terrible, prend un malin plaisir à polluer la planète, cale au ralenti, s'étouffe inopinément et soudain, sans le moindre signe annonciateur, devient un projectile, voulant à tout prix manger les murs. C'est une vacherie sur roue, un engin sournois, fait pour tuer la jeunesse française. Il n'y a probablement plus rien d'origine dans cet assemblage hétéroclite et approximatif. Il manque des morceaux, des pièces tiennent avec des rilsans et du chatterton.

Voilà où la France en est arrivée avec les prix exorbitants actuels !

Très éprouvé par le voyage, je parvins finalement au restaurant. Sur le parking, je retrouvai la Citron familiale de Carine... Elle m'attendait, fumant au volant : ai-je précisé que je déteste les femmes qui fument ?

Elle me regarda arriver avec un air méprisant et limite condescendant. Évidemment, la voiture de Seb ne pouvait lui plaire. On a beau dire mais une voiture cela classe un homme.
Tout mortifié, j'allai à sa rencontre. Elle descendit de son véhicule. Elle portait une petite robe toute simple mais bien ajustée, une étole, cheveux dénoués

et libres, yeux soulignés, ombre à paupière, lèvres brillantes. Elle était belle, il faut bien en convenir, cette femme avait une classe naturelle.
— Hubert, j'adore cet endroit. J'en avais entendu parler, mais je n'ai pas eu l'occasion d'y venir. Je m'étais promis un jour, avec mon mari…

Elle s'interrompit, me regarda.
— Tu es beau ! Quelle classe ! On s'embrasse ?

J'hésitais ; pas elle :
— Comme des amis, hein ? minauda-t-elle avec perfidie, tout en m'embrassant délicatement la joue.
— Certainement, bougonnai-je.

Et puis on entra : c'était charmant, un peu surfait, mais convenable, pas trop de monde. Il y régnait une ambiance cosy. Carine parlait, parlait, un moulin à parole ; elle faisait les questions et les réponses. Je la regardai, débattant intérieurement de la meilleure approche à avoir : fallait-il répondre, entretenir la conversation ou la laisser s'exprimer ? Compte tenu de son caractère fantasque, j'optai pour la seconde option.
— Hubert ! Hubert !
— Plaît-il ?
— Tu m'écoutes ?
— Mais oui, bien entendu.
— Parce que… Tu me perturbes… Tu me déshabilles du regard !
— Moi, je fais ça ?

— Je te plais, avoue-le ?
— Non ! Enfin... pas comme vous l'entendez.
— Vraiment ? Tutoie-moi, voyons.
— Non, je ne préfère pas. Ce ne serait pas très convenable. Vous êtes mariée.
— Tu m'as vue nue...
— Ce n'est pas exactement...
— Tu mates mon décolleté depuis cinq minutes, tu peux me tutoyer.
— Vous n'allez pas recommencer avec vos insinuations...
— Je n'ai pas de culotte.
— Hein ?
— Tu rougis ? C'est charmant. Tu me plais... Mais tu le sais déjà... Je suis entièrement sous ton charme. Je suis ta soumise.
— C'est du délire. De toute façon, je ne cautionne pas ce type de relation perverse. C'est psychologiquement toxique, c'est le triangle fatidique de Karpman avec le bourreau, la victime et le sauveur.
— On peut prendre beaucoup de plaisir dans la soumission acceptée. La soumise domine son maître en réalité.
— Vous ne devez pas accepter pareille relation. Vous êtes une femme libre, vous êtes belle...
— Demande-moi de faire une chose dégradante, humiliante... J'obéirai.
— Jamais. Si vous continuez ce petit jeu, je vous laisse, je pars. Vous aviez promis d'être raisonnable.

Elle pouffa de rire. Puis redevenant sérieuse :
— Je ne sais pas ce qu'il m'a pris. Pardon, Hubert. Je me rends compte qu'on n'est vraiment pas faits l'un pour l'autre… Un monde nous sépare.
— En effet.
— Hubert… Physiquement, tu me plais. Mais moralement… tu es trop immature et sexuellement, je pense que… tu n'as pas ce qu'il faut.

J'accusai le coup et résistait l'envie de lui servir des paroles rudes. C'était une femme et je ne suis pas un goujat.
— Certaines femmes ne sont pas de votre avis. Vous êtes bien méprisante. C'est ma voiture, c'est ça ? Ce n'est pas la mienne, c'est un « véhicule de courtoisie » … Ma voiture est en panne… exceptionnellement, je le précise.

Elle sourit, visiblement amusée :
— Ce n'est pas ça… Moi, tu sais, je suis une rêveuse, il faut me faire vibrer et toi… Ben en fait toi tu ne fais pas rêver… Par exemple, j'ai une passion pour les italiens, leur langue si colorée me rend folle, les beaux ténébreux, machos…
— Je connais un peu l'italien. Je suis à l'aise avec les langues étrangères, c'est un bon moyen d'entretenir la plasticité neuronale.
— Toi ? Non…
— Mais si, je vous assure !

Oui, là j'étais sur mon terrain de prédilection,

l'intellect, la culture, la mémoire. J'eus une inspiration, une illumination. Cette ménagère frustrée, cette mégère : j'allais lui en donner du fantasme. Je fis appel aux bribes d'Italien qui me restaient d'un voyage culturel à *Firenze* :
— *Chi ha bevuto berrà !* (qui a bu boira).
— Oh ! C'est trop beau ! C'est si sensuel… Tu as dit quoi, là ?
— *Buttarsi a mare per paura della pioggia.* (se jeter à l'eau par peur de la pluie).
— OMG ! Mais tu n'es… pas possible ! J'adore ! Je n'y comprends rien mais… c'est encore mieux ! Tu es tellement surprenant ! Tu parles italien ! Ça c'est le professeur Stan, la culture, le puits de connaissances. Oui, je sais, je suis sapio-sexuelle comme la ministre…

Je gonflai le torse et fit un clin d'œil provocateur frisant la caricature du macho méditerranéen.
— *Buon tempo e mal tempo non dura tutto il tempo.* (après la pluie, le beau temps).
— Oui ! Encore ! Si tu savais l'effet que ça me fait ! Ça me transporte, ça me rend folle ! Ça me fait vibrer ! Ça m'excite !

Et voilà qu'elle me prit la main avec ferveur. Elle était moite, palpitante, comme transportée, enivrée. Stimulée, ma mémoire débordait, ne demandant qu'à libérer des monceaux de données inutilement stockées :
— *Fidarsi è bene, non fidarsi è meglio.*
— Oh putain ! Tu m'as dit quoi ? fit-elle, dans un râle,

les yeux révulsés, pâmée.
— C'est une sentence assez juste : la confiance est agréable mais la défiance est plus sûre
— Ah… C'est vachement plus beau en italien… Plus expressif… C'est une langue tellement mélodique… Tu m'as complètement retournée… Il fait une chaleur ici… Hubert !
— Oui ?
— J'ai envie de toi !
— Comment ?
— Il faut que tu me baises ! Prends-moi comme un bel étalon italien fougueux et brutal ! Je suis à toi !

Son regard était comme fou, elle palpitait de désir charnel. Une phrase me revint à la conscience : *Volere è potere.* (à cœur vaillant, rien d'impossible). Devais-je le faire ? N'était-ce pas profiter d'une femme mentalement fragile ? N'était-ce pas un abus de pouvoir du fait de ma position d'enseignant dominant ?

Malheureusement, très excité par cette femme si expressive, au désir communicatif, je ne savais que faire. Cependant, nous étions au restaurant, tout de même !
— Mais ma chère…
— Viens, à la voiture ! Tu me baiseras dans la voiture ! Je n'en peux plus. Paye ! Dépêche-toi !
— Nous n'avons pas pris le dessert…
— Hubert !

Aussitôt sortis, elle m'entraîna vers la voiture… de Seb, d'un pas précipité. J'eus un moment de flottement, je l'avoue… ce véhicule n'était pas propre, sentait mauvais… En un mot, c'était une poubelle.
— Pourquoi pas dans votre monospace ? demandai-je.
— Mes enfants montent dans cette voiture ! Tu n'y penses pas ! La tienne ira très bien.
— Ce n'est pas ma voiture, c'est celle de Seb… Un véhicule de prêt. Elle n'est pas très propre je le crains…
— C'est encore mieux. L'humiliation n'en sera que plus profonde. Sois brutal !
— Mais… ma chère Carine…

Complètement délirante, probablement qu'elle voyait les gondoles à Venise et pas un parking de restaurant de nuit ainsi qu'une vieille 207 pourrie… Elle était dans son fantasme. Oserais-je profiter de sa folie, n'était-ce pas déloyal ? Et aussi son statut de mère de famille mariée me mettait mal à l'aise au plus haut point. C'était mal, c'était condamnable. Très mal !

Une fois dans la voiture, bien mal à l'aise, serrés l'un contre l'autre, elle tentant de remonter sa robe tout en me pressant de caresses et m'embrassant avec fougue, j'eus une angoisse existentielle tangible. Cette femme mariée, rompue au sexe par un entraînement conjugal hebdomadaire… serais-je à la hauteur du défi ? Je priai le ciel de m'apporter la virilité dont j'avais tant besoin, car si je ne doute pas de mon intellect, j'ai des réserves concernant mon corps vieillissant de rat de bibliothèque et de pourfendeur de l'ignorance juvénile. N'allais-je pas essuyer des sarcasmes cinglants du genre « c'est quand tu veux chéri ! » ou « tu viens, je m'ennuie là ! », qui vous marquent un homme à jamais et peuvent même vous laisser impuissant.

Je n'eus pas eu le temps d'approfondir ces conjectures. Elle me plaqua contre la portière et me colla un baiser de cinéma, du genre « *nous nous sommes tant aimés* », d'Ettore Scola. Puis dans la fougue, nous roulâmes l'un sur l'autre puis l'autre sur l'un dans cette petite voiture française, nous cognant durement partout, grognant de douleur plus que de plaisir. Le fauteuil finit par rendre l'âme et s'affaissa sur la banquette arrière, libérant un peu plus de place ; enfin, nous pouvions cesser de suffoquer. Elle continuait à m'embrasser avec frénésie, haletant comme une actrice de film X. C'était très gênant, mais je n'osais lui en faire la remarque.
Et tout est parti en vrille. Comment une chose aussi simple qu'un coït peut-elle dégénérer à ce point ? Il n'y a qu'à moi que cela arrive.
Je l'avoue, j'hésite à raconter cet épisode scabreux. Il y en a qui vont encore dire que je fabule, que c'est impossible, que je suis complètement mytho…

Bref ! Elle était dessus, dominante, frénétique,

dépoitraillée. On était très mal dans cette voiture exiguë qui sentait... C'était immonde. Quelqu'un s'était probablement oublié dans ce véhicule. Il y a vraiment des gens infâmes qui ne respectent rien ! Tout est comme ça dans notre époque actuelle.
J'eus une vision de la Valkyrie, chevauchant son fier destrier. Elle montait et descendait en cadence, tout en hululant comme une sirène de pompiers, avec un rendu parfait de l'effet Doppler. Je regardai mon membre semi-rigide bravement dressé, enfin, faisant de son mieux. Non, je ne déméritais pas et c'était d'autant plus désobligeant. Oui, vous avez bien lu : je regardais mon pénis. Vous vous dites, mais de quoi parle-t-il ?
Tout simplement, dans sa fougue, Carine était en train de se taper le levier de vitesse avec la boule de golf et de prendre son pied avec ! J'étais choqué ! Mais choqué ! Mon sang ne fit qu'un tour ! Il y a des limites à ce qu'un honnête homme peut endurer. Je grondai d'une voix de stentor :
— Oh Oh Oh !

Elle se figea tétanisée, surprise.
— Mais quoi, poussin ? fit-elle. Je t'ai fait mal ?

D'un geste dramatique, je montrai ma verge, revenue à l'état flasque. Elle regarda avec une totale incompréhension. Je suis certain que, l'espace d'une seconde, cette femme pensa que je possédai deux pénis.
— Bah merde, alors, fit-elle en se retirant du levier de

vitesse. Attends… J'y crois pas… Oh la boulette !
— Je n'attends, rien ! Je n'attends plus ! Je suis choqué… Je suis en état de choc ! Il va me falloir une cellule de soutien psychologique au complet !
— Mais cette voiture aussi… Et ce levier de vitesse ridicule. En plus, ça sent le cul, c'est une horreur !

Oui, elle osait tout, madame avait l'audace de se plaindre.
— Ce n'est pas ma voiture. Ma Golf est en panne exceptionnellement ! Je vous ferai remarquer que vous avez baisé la Pigeot de Seb ! Je doute qu'il apprécie...
— Mais… Poussin !
— Pas de poussin !
— Hubert !
— Il y a plus de Hubert ! C'est fini Hubert ! Mais si je n'avais pas mis le holà… Jusqu'où cette bacchanale aurait été ? Jusqu'où ?
— Hubert, c'est une terrible méprise ! Attends… Je te suce… Tu vas voir, je suis super bonne… Je vais me faire pardonner...
— N'approchez pas ! Madame restons-en là !
— Non… Attends… Si je te suce, on sera suffisamment intimes pour que tu me tutoies ? Parce que ton vouvoiement… Je ne supporte plus.
— Heu… probablement. Pourquoi me demandez-vous cela ?

D'une main ferme, elle s'empara de ma virilité et se mit en devoir de l'avaler d'un trait. Je n'ai jamais vu une telle énergie à branler un sexe. Que pouvais-je faire ? Jouir, hélas.

Très digne, elle se redressa, fouilla dans sa minuscule pochette à la recherche d'un mouchoir en papier, s'essuya la bouche soigneusement, se rajusta :
— Érection... 5 sur 10... Volume de l'éjaculat... 4 sur dix... Et moi qui craignais d'être aspergée...

Cette femme n'était qu'un monstre, une bête lubrique. Non contente d'avoir eu un coït avec une automobile, voilà qu'elle notait mes capacités sexuelles.

Oui, le mal était fait, le mal était grand, l'homme était blessé, l'homme souffrait.

Silencieux et affichant une sérénité de façade, je parvins à me rajuster tant bien que mal et à m'extraire de la voiture pleine de buée.
— Hubert...
— Madame, je crois que nous n'avons plus rien à nous dire.
— Tu m'avais promis de me tutoyer... Tu n'as pas aimé ?
— C'est un euphémisme.

D'un geste qui n'admettait aucune remarque, je lui fis signe de sortir. J'emballai le levier de vitesse dans un *Sopalin* et partit sans un mot ni même un regard à cette femme totalement perdue.
Son cas était désespéré.

Comment expliquer à Seb pour sa voiture souillée ? J'étais mort de honte. Jamais je ne pourrais expliquer ça. Je résolus d'être parfaitement hypocrite et de ne rien dire, de faire comme nos gouvernants avec la délinquance endémique des banlieues. Oui, c'est indigne de quelqu'un qui se doit d'être exemplaire et un modèle pour la jeunesse. Mais c'était trop.

Marqué par cette aventure, je tentai de me reconstruire. La tâche était immense. Et voilà que je reçus une nouvelle missive. Ma main se crispa sur l'enveloppe, que le bon sens me dictait de détruire, mais ma curiosité l'emporta.

Je lus :
« *Hubert, poussin,*
Je tiens à me racheter et à me faire pardonner. Retrouvons-nous au club 42. J'espère que tu as gardé la clé, sinon je laisserai une consigne à l'entrée. Je sais qu'au fond de toi, tu as aimé notre étreinte torride de l'autre soir. En tout cas, moi, j'ai adoré.
Je n'ai pas été la soumise que j'aurais dû être. Mais je ferai mieux, je peux m'améliorer. Tu me parleras en italien, tu me rendras folle… Tu pourras tout me faire.
Ton humble servante, éperdument amoureuse. »

Comment peut-on écrire de telles sottises ? Comment peut-on ? À moi ?! D'autant que j'étais complètement dans ma phase de mépris et de dédain pour cette Carine.

Je jetai la lettre sans plus de considération, d'un geste ample et libérateur. Moi, aller au Club 42 ? Je méditai tout en jouant avec la petite clé dorée, ornée d'un cœur ridicule.

L'emprise de cette femme me rendait malade.

Avec anxiété, j'allais voir Seb pour avoir des nouvelles de ma voiture.
— Les coussinets de bielle sont morts. Vilo* rayé, moteur foutu.
— Comment ça « foutu » ?
— C'est mort ! Je répare pas ! C'est trop. Il y a de la limaille partout !
— Mais qu'est-ce que je vais faire ? J'ai besoin de ma voiture.
— Prends la Pigeot ! Je vais te trouver une bonne occase. Au fait, il s'est passé quoi avec la voiture ? Le siège est complètement cassé... Tu feras attention, ça tient avec de la ficelle.

Pauvre Seb, il n'avait pas remarqué les sécrétions corporelles féminines sur le levier de vitesse et sur les fauteuils. Je proposai de prendre en charge les réparations.
— Te casse pas ! *No problemo*. On est potes. Je vais dire à Fabrice de te trouver une bonne caisse. Tu vas où ?
— Je vais... Voir ma tante Georgette.

Oui, je mentais effrontément !

La Pigeot démarra en trombe. Je suis faible, mais,

cette Carine, tout est de sa faute !
Ma faiblesse c'est ma conscience. Ne me méprisez pas. Il faut absolument que je sauve cette femme, cette mère de famille, cette collègue !

Je ne peux pas la laisser se dépraver au Club 42 ! Je n'en ai pas le droit !

**vilo : vilebrequin*

5

J'arrivai dans la rue médiévale en pente et me garai sans ménagement tant j'étais fébrile. C'est un véritable confort que d'avoir une voiture-épave qu'on ne craint aucunement d'abîmer. Non que je sois irrespectueux au point d'emboutir d'autres véhicules… Mais c'est un réel confort psychologique. Je vérifiai les alentours et ne trouvai nulle trace de la voiture de Carine. Cela me soulagea. Être obligé d'entrer pour la chercher aurait été… probablement au-dessus de mes forces. J'attendis, méditant sur les mots justes à lui dire. Aurai-je l'éloquence pour la faire revenir à la raison ? Mon regard erra sur la ville endormie. Tout me parut sordide, probablement l'effet de mon anxiété.

La nuit était chassée de place en place par la lumière livide des réverbères. Le club 42 se dressait un peu en contre-bas, bâtiment austère en totale contradiction avec sa présente fonction orgiaque. Je n'étais pas à l'aise avec cet endroit. Pourquoi ? Forniquer des femmes inconnues ce n'est pas la même chose que faire l'amour à celle qu'on connaît ou qu'on aime. L'individu n'a rien à voir avec le groupe et la généralité, la personne c'est autre chose qu'un stéréotype. La voiture de Carine arriva enfin.

Elle eut beaucoup de difficulté à garer son "bateau" pour famille nombreuse, dans un créneau. Elle descendit et j'allai à elle d'un pas vif. Elle portait un petit jean moulant qui flatte les fesses, veste légère, cheveux noués en une queue mobile et sensuelle... et toujours son visage d'ange, tout doux et mutin. La douceur de la mère de famille, la raideur et la perversité de l'enseignante se mêlaient dans ses traits.
Non. Décidément, ce n'était pas possible ! Je ne pouvais pas accepter cela. Pas elle. Pas elle culbutée par ces brutes suantes et puantes. Non. J'attrapai son bras, la surprenant un peu.
— Carine, Vous ne pouvez pas y aller !
— Hubert ?! Tu m'attendais ? Viens !
— Non ! Il ne faut pas ! Une femme comme vous... dans ce lieu... Vous ne pouvez pas vous abaisser à...

— Mais enfin, qu'est-ce qui te prends ?
— Remontez en voiture et rentrez chez vous. Votre vie vous attend !
— Tu es fou ? Tu me fais la morale ? Il n'y a rien de sale dans le sexe, et si les gens sont consentants qu'est-ce que cela fait ? Tu ne veux plus me baiser ? Tu n'as pas envie de moi ?
— Non ! Pas comme ça. Pas dans cet... endroit. Non !
— Cet endroit ? Tu le connais, hein ? Tu es déjà venu... Et tu oses m'empêcher d'y aller... pervers. C'est un

comble, mais j'aime la perversité.
— Ce n'est pas ce que vous croyez.
— Tu n'as pas baisé dans ce club ?
— C'est-à-dire que... Cela ne se pose pas en ces termes...
— Viens ! Sois un homme. Assume ta libido. On perd du temps.
— Non ! Je ne vous laisserai pas y aller, vous souiller. Vous une enseignante !
— Tu n'as pas d'ordre à me donner !
— Si !
— De quel droit ?
— C'est mon devoir... Je me sens une responsabilité envers vous...
— Et tu n'arrives toujours pas à me tutoyer... C'est pathétique.

Elle dégagea vivement son bras et s'éloigna, puis fit volte-face.
— Et si ça me plaît ? Et si je suis une salope, une dévergondée ?
— Pense à tes enfants !
— Tu n'as pas le droit de me dire ça ! Je te défends... Espèce de salaud !
Elle me frappa vigoureusement, me bouscula, comme si soudain, elle m'en voulait. Cela me fit mal qu'elle puisse me détester. J'ai hésité à la prendre dans mes bras... Je n'ai pas osé. Elle s'éloigna de nouveau, puis :
— Tu viens ? Je te préviens que j'y vais sans toi. Tu as

eu ta chance.
— Pense à ta famille...
— Ma famille ? Elle me méprise. Elle l'a toujours fait ! Mon mari ? Il s'en fiche royalement. Moi je veux baiser, je veux deux hommes sur moi, les sentir me déchirer les entrailles, profiter de mon corps et me jeter comme une ordure quand ils auront joui... et m'auront souillée de leur sperme.
— Non ! Pas ça ! C'est ignoble ! Personne ne mérite un tel traitement. Tu mérites... tellement mieux...
— Voilà que tu me tutoies... Je ne te comprends plus... Tu es complètement incohérent. Tu as... des sentiments ? Pour moi ? Toi ?
— Non. Je n'ai pas de sentiments... Pardon, je me suis laissé emporter. Vous êtes mariée.
— Que tu es agaçant ! Engoncé dans tes principes à la con, tes règlements, tes bonnes manières ! Je t'ai sucé, tu peux bien me tutoyer ! C'est évident que tu as des sentiments. Tu m'aimes !
— Non... Ce n'est pas ça. Je veux vous aider... Soyez raisonnable, remontez en voiture, rentrez chez vous.
— Admets-le ! Pour une fois, fais preuve de courage...
— Venez, rentrons.
— Non !
— Carine...
— Dis-le !
— Je n'en ai pas le droit.

Elle m'embrassa comme la première fois avec passion, rajoutant des frôlements de lèvres très

excitants, de petits coups de langue... Elle avait toujours le goût âcre du tabac froid. Sans m'en rendre compte, je caressai ses fesses.
Des sentiments ? Un homme comme moi pouvait-il en avoir pour elle ? Et pourquoi pas. Elle était tellement sensuelle, passionnée... Cela heurtait mon éthique personnelle bien sûr, mais que faire face à ce tsunami émotionnel.
— Hubert... murmura-t-elle.
— Rentre chez toi, Carine !
— Ah non, alors ! Tu ne vas pas me laisser comme ça. Pas après ce baiser. Tu as envie de moi !
— C'est toi qui m'as embrassé. Va retrouver ton mari, tes enfants. Nous deux... cela n'aurait aucun sens... Cela ne serait que souffrance et renoncements.
— Non ! Je n'accepte pas ! Je veux du sexe, de la luxure, de la débauche, du plaisir, de l'amour ! Je fais ce que je veux ! J'ai le droit d'avoir mes fantasmes ! Domine-moi... Sois mon maître.

Je la regardai passionnément. Que faire ? que décider ? Elle se dégagea et me fit face, le visage fermé et dur, provocante. Je la trouvais tellement belle, tellement femme, brûlante comme la morsure cuisante d'un sentiment fort. Je perdais pied.
— J'y vais avec ou sans toi ! fit-elle. Viens !
— Vas-y ! Je m'en fous après tout, je ne te connais pas !

Elle me tourna le dos et commença à avancer, d'un pas décidé, vers le purgatoire...
— Si tu fais un pas de plus, je serai obligé de te

corriger ! grondai-je.

Elle tourna la tête, un sourire moqueur très agaçant sur les lèvres.
— Toi ? Tu me battrais ? Tu n'oseras pas ! Pas toi ! J'adorerais être fessée… C'est un de mes fantasmes.
— Ne me pousse pas à bout !
— Pff ! Oublie tes règles ! Viens ! Profite de moi ! Ne te pose pas de questions.
— Carine… Tu as dit que tu serais ma soumise !
— Mais ? Hein ?
— Soumets-toi !
— Quoi ? C'est une blague…
— Soumets-toi ! Prouve ta soumission… Endure le tourment de renoncer à tes fantasmes.
— C'est déloyal ! C'est…
— Carine ! fis-je magistrale, pointant l'index accusateur tant redouté des élèves.
Elle devait céder et respecter, c'était toute l'autorité du célèbre professeur Stan dans ce geste.

Elle s'approcha de moi avec un air mitigé d'irritation tout en retenant un petit sourire.
— Hubert… pourquoi tu es comme ça ?
— Je suis comme ça ! Tout en contradictions, jamais là où l'on m'attend… Je suis imprévisible !

Elle me prit le bras et nous avons marché lentement, nous éloignant du lieu maudit. Elle songeait tête baissée, regardant ses chaussures.
— Tu portes des baskets ? me dit-elle, se retenant de

rire.
— Je me suis pressé pour venir… Je voulais arriver avant toi… Avant que tu n'entres, là-bas.

Elle me regarda, elle souriait, se retenant de rire, incapable de rester sérieuse. Je la regardai, c'était une impression étrange de film au ralenti, chaque détail se gravait dans ma mémoire, le moindre frissonnement de ses cheveux, le frémissement de sa narine sous son souffle saccadé, sa bouche entre-ouverte, ses lèvres brillantes… Pourquoi une telle attirance pour elle ? Une femme mariée, une mère de famille.
La laisser partir maintenant, ne plus la voir… c'était au-dessus de mes forces. Il fallait trouver quelque chose. Et j'eus une illumination, l'inspiration divine. Je suis comme ça, grand dans l'urgence, dans l'ultime moment avant la fin, j'ai un sursaut. Je sais une chose que toute femme adore, c'est génétiquement déterminé chez elles.
— Allons danser ma chère.

Elle s'immobilisa, se retourna :
— Quoi ? Danser ? C'est… Merveilleux ! Allons-y !
— C'est oui ?
— Bien sûr. J'adore ça. Mon mari ne veut jamais me faire danser. Tu sais danser, toi ?
— C'est-à-dire… Je ferai de mon mieux.
— Viens ! Je t'aime de plus en plus !

Oui, j'allais emmener Carine danser. Rien de plus,

rien de mal. Sans en avoir l'air, j'avais sauvé son âme. Parfois je suis grand, je suis un gentleman.
Il ne se passera rien entre elle et moi parce que, tout simplement, un type comme moi, ne peut pas intéresser une femme comme elle.

6

Carine... Il y a des femmes qui ont la douceur virginale sur le visage, qui inspirent l'apaisement aux âmes tourmentées et déprimées comme la mienne... Non, c'est tout le contraire en réalité. Elle ne peut que consumer de désir un pauvre frustré introverti comme moi. Elle n'est que tourments et pulsions incontrôlables, tant sa sensualité est intense. Elle ferait se damner un saint et renoncer au ciel un pénitent. Parce qu'elle promet l'indicible.

Rien à voir toutefois avec ce qu'elle était en réalité, IRL (*in real life* comme disent les jeunes branchés). Carine était pure au fond, fragile, abîmée par la vie, arrivée à un âge de doute et de remise en question, obsédée sans doute par l'apparition de rides favorisées par son tabagisme, usée par une vie routinière, devenue invisible pour son homme et son entourage à force d'abnégation.

D'un coup, tout me revint en mémoire... Notre rencontre, ou plus simplement le moment où nos chemins se croisèrent, car en réalité, cela n'alla pas plus loin que l'échange de regards et une sorte partage d'un moment fugitif, une connivence impromptue. Il vaut mieux que je raconte...

Sa douceur, son air rêveur, c'est ce qui avait attiré mon attention au cours de ce stage de formation sur l'informatique, nouveau credo de l'éducation nationale, absurdité totale alors que les enfants ne savaient même pas lire correctement et possédaient un peu moins de deux mots de vocabulaire.
Mais les enseignants se devaient de suivre des formations pour « maîtriser l'outil informatique ».

Un formateur, engagé à la va-vite, un petit impertinent odieux de prétention se prénommant Lorenzo Bueno - quel nom ridicule -, avec une gueule d'ange et un regard de fouine, nous distillait un salmigondis incompréhensible. Toutes les femmes de l'assistance buvaient ses paroles et le regardaient avec les yeux de Chimène. Ce petit salaud en profitait pour draguer ostensiblement une petite jeune innocente, blondinette portant une jupette écossaise et des socquettes, à peine sortie de fac, avec des allusions grossières qui pourtant faisaient toutes rire ! Probablement par politesse. Misère de la condition féminine.

Ce type me rendait malade, c'était le genre qui a des facilités intellectuelles et qui en profite pour manipuler les autres. Un prédateur social ! C'est d'ailleurs un ami de mon garagiste Seb et je l'ai recroisé depuis au bras d'une femme différente à chaque fois. Je n'ai jamais compris pourquoi les femmes sont folles de ce genre de type, ce qu'elles peuvent bien leur trouver. Cela doit probablement relever du domaine de la suggestion hypnotique, à moins que ce ne soit purement hormonal et chimique…

J'étais au fond de la salle, suivant d'une oreille discrète cette « formation », relisant distraitement le « discours de la méthode » pour ne pas sombrer dans l'ennui le plus absolu : « Pour bien conduire sa raison, et chercher la vérité dans les sciences ». Carine se trouvait à l'autre bout de la salle, devant, loin de moi. J'aurais pu ne pas la croiser en ne rien garder d'elle en mémoire si un incident ne nous avait rapproché de manière fortuite et un peu gênante.

À la pause, je marchai pensif dans la cour silencieuse et déserte, m'éloignant du groupe. Nous les agrégés, ne sommes pas du même monde que les capésiens et encore pire avec les « contractuels ». C'est une triste réalité qu'il faut cacher. Nous n'avons rien en commun. D'ailleurs la plupart fumaient et cela m'incommode prodigieusement.
J'arrivai à hauteur d'une salle de classe et mon attention fut attirée par du bruit, des gémissements plus précisément. Quelqu'un souffrait le martyre ! Enfin c'est ce que j'imaginais dans mon innocence d'homme honnête. Car qui peut imaginer pareille dépravation ? Certainement pas un esprit sain !

Car en réalité, dans cette classe, ce lieu dédié à la transmission du savoir, la jeune femme blondinette en jupette, basculée sur le bureau, jambes écartées et pointant vers le ciel, la culotte pendouillant sinistrement au bout d'une chaussure, se faisait culbuter par ce démon joyeux sans la moindre retenue. La pauvre créature gémissait de plaisir sous les assauts brutaux de ce monstre qui lui malaxait les seins sans vergogne, l'insultant, la traitant de « petite salope », tandis qu'elle lui demandait plus de vigueur ! Cette jeune femme qui paraissait si innocente cachait une grande dévergondée, une honte pour ses pauvres parents et surtout pour l'institution toute entière. Nous étions en formation, nom de... ! C'était choquant !

Tandis que je regardais cette scène, totalement abasourdi, je pressentis une présence à ma droite. Sursautant, je constatai avec effroi qu'une femme... Carine... se trouvait là et regardait avec une intensité terrible cette scène odieuse. Depuis combien de temps se trouvait-elle là ? C'était des plus gênants ! Qu'allait-elle penser de moi ? Me prendrait-elle pour un pervers, un sale voyeur ? J'étais confondu de confusion. Sans même me regarder, elle parla :
— Ils sont beaux n'est-ce pas ? Magnifiques !
— Mais...
— C'est moi qui devrais être à sa place. Elle a de la chance.
— Mais...

— Ce salaud m'a dit que j'étais trop « vieille » ! Petit con !
— Mais...
— Le plus dur, vous voyez... Ce n'est pas qu'il l'ait dit... C'est qu'il a raison.
— Comment...
— Il est bien gaulé en plus... Moi, je lui aurais donné... que cette petite ignorante... tellement plus...
— Madame...
— L'injustice de la vie... Les femmes vieillissent et deviennent laides. Les hommes eux, se bonifient. C'est ainsi.
— Je vous assure que...

Elle se tourna vers moi et me jeta un regard froid, son visage était crispé, marqué comme par une douleur profonde et intense. Elle souffrait visiblement et cela m'émut profondément.
— Mais enfin... C'est ignoble de vous avoir parlé de la sorte.

C'était comme si elle ne m'entendait pas.
— Je vous choque n'est-ce pas ? fit-elle. Pour mon malheur, je suis libertine. J'aime le sexe. Et regardez-moi ! Quel homme aura envie de ce corps ? Qui ?
— Mais enfin... Tous les hommes ! Madame...
— Vous ?
— Moi ? Mais... Oui certainement.
— Vous dites cela par pure courtoisie et bonnes manières.
— Je vous assure que...

— Vous êtes gentil… Venez. Laissons-les profiter…

Nous étions sur le point de partir quand la jeune femme se redressa et d'un cri, implora :
— Dans ma bouche, Lorenzo ! Dans ma bouche !
— Viens la coquine ! Ah ! Avale ! Avale ! Tu aimes ça, hein ? Dis-le !
— Oh oui ! Oh oui !

J'étais pétrifié de ce spectacle hallucinant, en état de sidération. Et soudain, je constatai que Carine me regardait. Un sourire narquois se dessinait sur ses traits. Une confusion terrible s'empara de moi :
— Madame, n'allez pas croire…
— Je ne juge pas les gens… Chacun doit assumer ses fantasmes…
— Mais… Je suis abasourdi par…

Je ne pus finir de me justifier. Le malotru nous avait vu et cria :
— Hé les voyeurs, vous n'avez pas honte ? Dégagez !
— Monsieur, votre conduite est… commençai-je.
— Dégage vieux pervers ! fit la jeune femme, se rajustant, avec un regard courroucé et scandalisé alors qu'elle était une honte pour l'humanité.
— Mademoiselle… tentai-je.
— Venez… Partons… Laissons-les, nous avons assez profité, jouir par procuration n'est pas fin en soi, dit Carine, tout en m'entraînant.

Nous regagnâmes la salle de formation. Je marchai tête basse, je n'osai dire un mot, malgré l'injustice que

je ressentais. En réalité, tout ce que j'aurai pu dire ne pouvait convaincre personne, j'en étais persuadé devant tant de malveillance. Carine, me touchant le bras, m'acheva par cette phrase terrible et lourde de sens :
— Mon cher, allez vous masturber... Vous êtes si rouge... Vous risquez une congestion. Il faut assumer votre sexualité. Refouler n'est pas bon, vous savez.

Elle me laissa en plan, totalement anéanti, détruit, explosé au niveau narcissique, mon moi ruiné, mon surmoi implosé.

Il me fallut une thérapie longue et coûteuse et un déconditionnement pénible pour surmonter cette crise, ainsi que quelques séances d'hypnose pour oublier Carine. C'est pourquoi à notre première rencontre je ne la reconnus pas : je faisais un blocage, j'avais scotomisé son image mentale pour survivre à la honte.

Oui, cette dernière image de Carine me regardant intensément, mâchoires serrées, ruminant, maudissant ses rides et l'affront subi de ce jeune con de Lorenzo, me jugeant comme un pervers vicieux... Cette femme que je trouvais si belle, si sensuelle, si sexy... et qui me méprisait avec condescendance... C'était tellement insupportable.

Et tandis que je marchais de nouveau à ses côtés, dans la nuit de tous les dangers, nous éloignant du lieu de débauche, ce club 42 de malheur, tout cela me revint en bloc. Toute la thérapie anéantie, les barrières protectrices rompues, je me sentis vidé.

Comment oser regarder Carine maintenant ? Comment supporter la honte ? Un malaise terrible me submergea.

7

Attention, ce chapitre est classé "hard porn". Si vous n'avez pas l'habitude, passez votre chemin !

Il me suffisait de ne penser à rien, de ne pas penser du tout, de mettre mon cerveau en pause. C'était pourtant simple. Les autres le font tout le temps, pourquoi ne pourrais-je pas y arriver ? Ne pas regarder c'est ne pas voir. C'est pourtant si simple. On commet les pires crimes avec cette technique éculée.

Je me forçai à la bêtise pour supporter ma honte et affronter le regard de Carine, car si elle se fichait probablement de l'« incident » de la formation, moi je m'en rappelai pour deux et surtout de son insinuation tout à fait inappropriée et vexante. Dans la vie, l'intelligence est un handicap majeur. C'est une triste réalité.

Arrivés à sa voiture, elle me tança :
— Hubert ? Tu es toujours avec moi ?
— Mais oui, ma chère. Si nous allions au Mimi-Pinson… C'est gentil, sympathique et…
— Cette guinguette pour troisième âge ? Ça va me déprimer ! Non, alors. Allons au Pussy Cat.

— Ah…

Elle marqua une pause et réfléchit, sourcils froncés, signe d'une activité cérébrale intense.
— Est-ce qu'on pourra entrer ? Il y a toujours un monde de folie…
— Ah… c'est…
— Viens… suis-moi !
— Pas trop vite… mon véhicule est… limité et devient dangereux avec la vitesse.

Elle jeta un coup d'œil à la Pigeot de Seb.
— Encore cette poubelle ?
— C'est que... En réalité, ma Golf est foutue… Les coussinets de bielles…

Carine leva les yeux au ciel, se fichant éperdument de mes ennuis mécaniques.
— Mon pauvre Hubert… Toujours quelque chose qui cloche avec toi. Aller… Roule !
— Bien, bien... Voilà... Mais, je te ferai remarquer qu'en 15 ans, cette voiture ne m'a jamais fait le moindre problème…

Carine avait démarré et s'éloignait déjà. C'est si désagréable cette manie qu'on les gens de ne pas écouter les autres.

Et c'est ainsi que nous allâmes à cet endroit maudit, lieu de perdition et de dépravation de la jeunesse.
C'était plein de monde, non, noir de monde, une cohue à l'entrée, des bousculades, les cerbères de

la porte avaient fort à faire. Des filles beaucoup trop jeunes, des robes ultra-courtes indécentes, des poitrines que je ne saurais voir, des parfums trop forts révélant des corps ardents.

Carine se démenait, nullement impressionnée, parlementa avec un des « gardiens du temple » et probablement lui glissa de l'argent. Nous entrâmes. Mes tympans si sensibles, habitués aux nuances subtiles de la musique classique, détectant la moindre variation et aptes à reconnaître une interprétation... pleurèrent amèrement. Cet endroit n'était qu'une machine à rendre sourd, le paradis des ORL et des audioprothésistes.
Danser dans ce lieu ? C'était tout bonnement impossible tant la densité de population était grande. On pouvait juste bouger un peu au milieu de la foule, simulacre de mouvement Brownien. Carine semblait s'amuser et goûtait cette ambiance, toute souriante et joyeuse, trop extravertie pour mon goût.

J'étais au bord du malaise vagal, avec une impression désagréable de perdre pied. Je voyais les lèvres de Carine bouger... Elle me parlait mais aucun son ne sortait ne me parvenait... J'en ressentis une terreur profonde de la surdité brusque. Une phobie majeure.
— Je n'entends plus ! hurlai-je, totalement angoissé, en panique.

Carine me prit par le bras et m'entraîna à l'écart.
— Hé ben ! Quoi encore ?

— Je n'ouïs plus ! Je n'ouïs plus ! glapis-je, me frottant les oreilles.
— Mais non ! Baille, ça va revenir ! Baille !
— Ah... Oui... C'est mieux... Oh mon Dieu, cette sensation atroce !
— T'es complètement hypocondriaque, toi !
— Mais non... Qu'est-ce qui te fais dire ça ?

Elle pouffa de rire et se pendit à mon cou, entreprenant une sorte de préliminaire très sensuel qui ne me laissa pas de glace.
— Viens, on va aux chiottes, tu pourras me baiser, me glissa-t-elle à l'oreille.
— Ce serait très inconvenant... Il pourrait y avoir des gens...
— Évidemment qu'il y aura du monde. C'est un baisodrome.
— Mais c'est... Vraiment ?
— Viens ! Un voyeur comme toi... Tu vas te régaler !

Cette sortie tout à fait injuste me sidéra ! Je n'eus pas le temps de m'en remettre, qu'elle me traîna sans ménagement. La porte franchie, je fus saisi devant une scène repoussante. Une jeune femme brune, beaucoup trop jeune, une ancienne élève... cancre patentée, d'une ignorance absolue, adossée au mur, la robe retroussée... Un type... un animal, car il avait perdu toute trace d'humanité... semblait dévorer son intimité avec des grognements de satisfaction et des bruits de succion abominables. C'était... Il n'y a plus de mots !

La créature dévoyée, tout en gémissant, me reconnut :
— Professeur Stan ! Oh... Oui ! Vous... allez... bien ? Vous... venez baiser ?
— Mais... Samantha, voyons... Que signifie ?

Elle éclata de rire devant mon expression scandalisée. Je réalisai alors que, partout dans les cabines aux portes disjointes ou absentes, des couples copulaient dans des positions grotesques et réprouvées par la morale et le Soûtra. Carine, complètement fascinée par la petite Samantha, comme en transe, me tira à elle avec violence :
— Bouffe-moi la chatte ! Fais-le ! Comme elle ! Fais-moi crier ! Je veux jouir à en crever !
— Mais ma chère... Vous n'y pensez pas ? Je suis connu...
— Broute-moi, putain !
— Ce n'est pas... Enfin sur le plan hygiénique...
— Je suis propre ! Je passe ma vie chez mes médecins, aux urgences... J'ai tous les vaccins possibles et imaginables ! Cette insinuation est vexante et déplacée ! Je t'ai sucé, moi !
— Mais Carine... Je ne saurais pas...
— Je t'ai sucé ! J'ai avalé !
— Non... Je ne pourrais pas... C'est écœurant... Ne pourrions-nous pas... plutôt...
— Je t'ai sucé !
Son regard furieux et brillant de colère me fusillait.
— Carine... Pardonne-moi, mais...
— Salaud ! gronda Carine avec colère, me repoussant

sèchement.
— Ma chère…
— Laisse-moi !
— Je… Venez… Ne restons pas là… Ce n'est pas notre place… Nous avons un devoir de…
— Fous-moi la paix !
— Pour l'amour de Dieu ! Si l'on nous voyait ici… Songez au scandale.

D'un mouvement brusque, Carine fit volte-face pour sortir de ce cloaque. Au moment de franchir la porte, elle se retourna et me tira par le bras.
— Et arrête de regarder cette petite salope, pervers ! Voyeur !

Je lui emboîtai le pas, tentant de me maintenir à sa hauteur.
— Carine… Ce n'est pas ce que vous croyez ! Cette jeune fille… Mais c'est une enfant !

Carine n'était pas disposée à m'écouter : de toute façon on préférera toujours Barabbas à Jésus.
— C'était une énorme erreur ! Une monumentale erreur. Tu n'es rien qu'un petit prof de merde, un vieux con miteux, un rat de bibliothèque. J'ai imaginé des choses… J'ai rêvé…
— Je vous trouve très injuste envers moi ! Je ne suis pas le pervers que vous… C'est une monumentale erreur d'interprétation !
— Rentre chez toi Hubert ! Tu n'es pas celui qui sera mon maître.

— J'ai un devoir envers vous. Je me dois de vous protéger. J'ai l'esprit de corps !
— Je suis une grande fille ! Je n'ai pas besoin de toi. Adieu !
— Carine, je vous ai sauvé de la perdition par deux fois ce soir ! C'est comme cela que vous me remerciez ?

Elle sortit et marcha d'un pas vif en direction de sa voiture. Son ingratitude me blessait profondément. On ne peut pas se faire à l'égoïsme des gens. On a beau l'expérimenter constamment…

La main sur la poignée de la portière, Carine me lança :
— Je suis une libertine ! J'aime le sexe, j'en ai besoin ! Le sexe ce n'est pas sale !
— Ma chère… Si vous n'étiez point mariée, nous aurions pu. Oh, oui… avec joie !
— Mon mari trouve son plaisir ailleurs ! Il s'en fiche éperdument !
— Ah. Vous m'en voyez désolé.
— On va chez toi !
— Chez moi ? Quoi faire ?
— Baiser ! Tu le fais exprès ?
— Mon Dieu ! Ce serait un adultère !
— Et alors ? Si je suis consentante ?
— C'est… Cela ne se fait pas.
— Tu n'as pas envie de moi ? Tu préfères la petite salope… Elle a moins de rides, hein ?
— Mais… Comment pouvez-vous dire ça ! Je vous trouve très belle, très sensuelle !

— Alors viens !
— Chez moi ?
— Un problème ?
— C'est que...
— Tu sais le plaisir que je peux te donner ?
— Très bien ma chère. Allons-y.
— Et... tutoie-moi, pour l'amour du ciel !
— C'est que vous étiez tellement contrariée...

Elle n'écoutait plus, montée en voiture elle s'impatientait :
— On se retrouve chez toi ! dit-elle avec impatience.
— Vous... Tu connais mon adresse ? fis-je benoîtement.
— Je t'ai écrit, idiot !
— Autant pour moi...

Avoir une relation avec une femme mariée ? Cela me déplaisait souverainement. C'était inconvenant et en contradiction avec mon strict code de conduite. Cependant... j'avais envie de cette femme et la décevoir encore était au-dessus de mes forces.
Il fallait espérer que je n'aurais pas d'ennuis avec le mari cocu et que cette famille n'en pâtirait pas.

Dans mon petit appartement de la rue de Grenelle, au dernier étage de cette vieille bâtisse, sous les toits aux poutres grinçantes, couvert de livres et de poussière du temps, de papiers couverts de notes que personne ne lirait jamais, Carine, telle une tornade, chamboula tout. Jetant ses vêtements, dévoilant des dessous

sexy très indécents, elle se jeta sur le lit :
— Viens, je n'en peux plus !
— Ne voulez-vous... Tu ne veux pas boire quelque chose ?
— Une camomille.
— Ah... très bien.
— Je déconne ! Viens !
— Ah... Nous allons donc...

Elle se releva et s'affaira à me dévêtir. Elle contempla mon slip kangourou avec une moue. Raconter la suite est sans grand intérêt et même un peu gênant. Enfin, je me dois à la vérité et à l'exhaustivité, alors... Armons-nous de courage.

Contre toute attente, c'était tout doux et innocent. Elle m'embrassa avec une tendresse et une douceur inattendue, ses mains exploraient mon corps par petites touches très délicates, elle me parlait doucement, me donnant du « poussin » et des mots doux que j'affectionne, même si c'est très infantilisant. Je l'effleurai à peine, m'attardant sur ses cuisses si douces et ses fesses. Mais poliment, avec mesure. J'ai un peu mordillé un téton, une impulsion incontrôlée. Cela me fit un effet « madeleine de Proust » et raviva un souvenir d'enfance de nounours guimauve que je mangeais à m'en rendre malade au grand désespoir de ma mère.

Et puis c'est parti en vrille. Je ne sais pas ce qu'il m'a pris, une perte de contrôle total, un instant de folie.

D'un coup, je l'ai basculée comme une crêpe sur le ventre et j'ai « **Chargez** ! ». Oui, j'étais complètement possédé, dépersonnalisé. J'étais le maréchal Ney, je chargeais les carrés anglais à Waterloo, je piquais ma monture, sabre au clair, l'écume aux lèvres, imitant la sonnerie de la charge au clairon avec ma bouche… Ta tatata ! Je galopais avec toute la cavalerie Française ! J'étais prêt à mourir pour la France, la liberté, la lumière de la connaissance éclairant le monde et chassant l'obscurantisme !

J'entendais bien les plaintes de Carine, mais loin, très loin, elle disait « Hubert ! Tu vas me casser ! » ou « Il est complètement dingue ce mec ! » ou « Je ne suis pas une jument ! » … Mais je n'étais plus là, je n'étais plus moi, j'étais grand, j'étais beau, j'étais héroïque ! Je méritais une médaille.
Et puis m'a monture s'affaissa, touchée par une traîtresse balle anglaise. Terrassée, elle râlait à l'agonie, pâmée, suffoquée, faisant des efforts terribles pour me repousser et m'éloigner.

Reprenant son souffle, Carine se retourna avec force grimaces de douleur :
— Mais qu'est-ce qui s'est passé ? T'es complètement barré comme mec !

Redevenir le professeur Stan quand on a été maréchal d'empire ? Je retombai avec douleur dans la réalité.
— Ma chère… Je suis confus. C'est incompréhensible.
— Il est complètement malade ce type ! Je suis

couverte de bleus... Mais merde ! Regarde-moi ce travail !
— C'est moi qui ai fait ça ?
— Non, c'est le pape !

C'était tellement gênant qu'il me fallait vite trouver une échappatoire, un simulacre de justification.
— Vous... Tu voulais un maître ! Alors... Voilà ! Je t'ai soumise !
— Un maître... Oui... mais pas comme ça ! C'était quoi ce cirque ?
— La charge de la cavalerie française à Waterloo...
— Hein ? Tu t'entends ? Allô ! Mais allô quoi !
— Mais quoi ? Tu n'as pas aimé ? Il m'a semblé t'entendre gémir...
— J'allais crever !

Elle se redressa et me regarda ou plutôt m'observa comme si elle ne m'avait jamais vu... En réalité, je crois qu'elle mesurait la profondeur de ma démence pour savoir s'il fallait qu'elle se sauve. Et d'un coup elle se laissa retomber dans mes bras.

Carine était en réalité une femme aimante, une maman attentionnée, un peu paumée et déçue de la vie, complexée et pleine de doutes. Elle avait terriblement besoin d'amour, mais pudiquement cachait tout cela sous un vernis de SM, de femme libertine et dévergondée.

Et puis on s'est séparés. Elle tourna la tête vers moi. Son Rimmel avait coulé faisant comme des traînées

de larmes sur ses joues. Peut-être avait-elle pleuré un peu. Elle avait l'air fripée, chiffonnée, en ruine, comme si elle avait pris un coup de vieux.
— Hubert… Tu es complètement fou, fit-elle avec un sérieux inquiétant.
— Je ne suis qu'un enseignant névrosé comme ils le sont tous.
— Tu sais, j'en ai vu des tordus, des vicieux, des mecs pas possible… Mais comme toi ! Mais tu es… Tu es un dingue ! Il faut t'enfermer !
— J'ai encore échoué, je le crains. Ma note ?
— Zéro !

Elle m'a alors embrassé. Je ne sais pas vraiment pourquoi.

Carine se leva et se jeta sur ses vêtements éparpillés. Elle marmonnait, de temps en temps s'interrompait puis me regardait méchamment, puis elle alla à la salle de bain. Elle hurla derrière la porte. Puis elle ressortit, échevelée, attifée sommairement.
— Si mon mari me voit comme ça… il va croire qu'on m'a violée !
— C'est une catastrophe !
— Non… C'est une bonne excuse. En plus, ça le fera enrager !
— Je croyais qu'il s'en fichait.

Dédaignant de me répondre, elle m'embrassa tendrement, me caressa la joue et partit en claquant la porte. Elle m'avait donc menti ! Il y a longtemps que je n'essaye plus de comprendre les femmes.

Je mis un disque de Petrucciani « *September second* ». Je n'avais pas sommeil. J'étais en pleine déroute avec les restes de la Grande Armée.

8

<u>Attention : scènes très perturbantes au niveau psychologique !</u>

J'ai repris ma vie de labeur, en décidant d'oublier Carine. Elle était trop dévastatrice pour moi, psychologiquement et émotionnellement. Elle me tirait vers le fond, l'abîme. C'était ce qu'on appelle une relation toxique. En fait de soumise c'était une imposture : cette femme était en réalité une dominatrice, un bourreau du triangle fatidique de Karpman. Elle n'hésitait pas à me rabaisser, à me gratifier de perversion que je n'avais pas.
Comme c'était les vacances d'été, j'avais mes leçons particulières et mes séminaires culturels. Cela me faisait un appoint bienvenu dans la conjoncture *actuelle* morose pour les fonctionnaires. Et j'avais besoin d'argent pour remplacer ma voiture. Seb m'avait trouvé une « bonne occase » « pas chère » avec « facilités de paiement ».

Aussi c'est avec une certaine impatience que j'allai au garage, espérant une nouvelle Golf. Ma déception fut grande quand il me présenta une imposante

Mercedes.
— Mais enfin monsieur Seb…
— C'est pas cher, prof !
— Oui mais… cela consomme !
— On la passe à l'éthanol ! C'est le carburant le moins cher !
— C'est légal ?
— Parfaitement si c'est fait par un pro ! Comme moi.
— Ah…
— Mais regarde ! C'est une chance inespérée pour un prof, non.
— Certes… Cela classe un homme. Est-ce fiable !
— Qualité Allemande.

On a beau dire. Mais les voitures de luxe c'est autre chose. Le cuir, le bois, les sièges chauffants et massants… C'était… une folie pour un homme comme moi. Mais j'étais dans une phase tellement négative qu'il me fallait un petit bonheur. Aussi je décidai de prendre cette voiture.

Avec une telle voiture, fini les regards méprisants de femmes telles que Carine ! C'était la voiture d'un homme parvenu dans la vie et pas celle d'un raté, d'un « petit prof de merde » et d'un « vieux con miteux ». Les mots de Carine me faisaient encore souffrir.

Non, je ne la regrettais pas. Au contraire. Sans elle, j'étais seul mais au moins, j'étais libre. Il fallait se résoudre : je ne pouvais pas avoir de relation

durable avec une femme. Et encore moins avec une femme mariée. Parce que les femmes veulent toujours dominer l'homme, l'obliger à faire des choix, le manipuler... Et le sacro-saint : « prends tes responsabilités ! » culpabilisateur et castrateur...
Je suis un libre penseur ! C'est moi qui influence les autres, le professeur Stan !

Il me fallait tout simplement éviter de penser à cette femme. Et de toute façon, nous n'avions rien fait de réellement significatif, nous n'étions pas réellement entrés dans l'adultère, ce n'était qu'un simple rapport noté d'ailleurs zéro, n'engageant finalement à rien. Aussi je m'étais préparé, j'avais prévu l'éventualité d'une nouvelle lettre et décidé de ne plus répondre. Terminé, fini de jouer !

Je n'avais pas prévu qu'elle oserait m'appeler.
C'était un après-midi d'été, il faisait beau et chaud, les oiseaux chantaient, les chats étaient à l'affût d'une proie innocente, comme les femmes, sournoisement. Je revenais d'une mini croisière nordique culturelle où j'animai des débats philosophico-historiques avec des retraités.
— Hubert, il faut qu'on parle.
— Je travaille, je n'ai pas le temps de vous parler.
— Nous sommes en vacances !
— Pas moi. Je donne des conférences et des cours privés. Enfin je travaille.
— Je ne vais pas bien.
— Comment ?

— Je suis très mal.
— Mais... Vous êtes souffrante ?
— Je t'expliquerai. Viens me rejoindre au café sur la place de l'hôtel de ville, *l'Orangerie*.
— Je suis désolé, mais j'ai décidé de ne plus vous revoir. Vous parler est déjà une entorse à mes résolutions.
— Hubert, viens, je t'en prie ! Ça ne sera pas long.
— Voyez un médecin, cela vous sera plus utile. Je connais un praticien remarquable, le Doc...
— Hubert...

Elle eut un long soupir, puis souffla :
— C'est important...

Alors, j'y suis allé. Que pouvais-je faire d'autre. Je ne suis pas un monstre tout de même, je suis un humaniste !
Je pestai de nouveau dans ce quartier piéton, m'obligeant à me garer fort loin et à marcher au milieu de la foule. Enfin, j'entrai dans l'établissement. Elle était là, vêtue d'une robe noire, lunettes noires, foulard recouvrant ses cheveux comme une sicilienne en deuil. Très inquiétante.
— Quelqu'un est mort ? fis-je.
— Tu ne m'embrasses pas ?
— C'est... Mais... Non.
— Hubert ! Je suis ta maîtresse tout de même !

J'étais suffoqué par cette affirmation. Paralyser, je ne pouvais pas approcher de cette femme... Je restai figé.

Elle se leva et m'embrassa furtivement la bouche, puis elle enleva ses lunettes et plongea ses yeux dans les miens. Elle était trop belle. Je ne pesais pas lourd face à une adversaire pareille.
D'un geste rageur, elle arracha son foulard et laissa ses cheveux blonds prendre leur liberté. Elle redevenait de nouveau une femme fatale, terriblement sensuelle. Elle me prit la main et me fit asseoir auprès d'elle sur la banquette. Sa main était gelée.
— Que signifie tout cela ? fis-je. C'est contagieux… votre maladie ?
— Hein ?
— C'est la covid ?
— Mais non !
— Une maladie sexuellement transmissible ?
— Bordel, Hubert, s'indigna Carine.
— Mais quoi alors, fis-je au comble de l'angoisse, de quoi souffrez-vous ?

Sa main se crispa sur mon bras, l'agacement se lisait sur son beau visage, faisant un peu ressortir quelques rides.
— Tu es complètement hypocondriaque, toi ! Je ne suis pas malade ! Il fallait que je te parle, dit-elle sèchement.
— Ah… J'avais cru comprendre… Vous avez prétendu souffrir ! Vous avez dit, je cite « je suis très mal ! ».
— C'est le cas !
— Expliquez-vous !

— Cesse de me vouvoyer !
— Cela ne serait pas très pertinent !
— Après ce que tu m'as fait subir, quasiment un viol, très brutal, tu peux bien me tutoyer !

Fort heureusement, le serveur arriva. Cela me permit d'encaisser ce coup terrible. Je commandai un Perrier citron, je ne bois jamais d'alcool, c'est mauvais pour les petites cellules grises.

Carine repoussa sa tasse de café. Méditatif, mon regard se perdit dans les formes complexes au fond de la tasse… Cela me semblait présager du funeste… C'était probablement un signe. Carine reprit :
— Hubert, tu sais après nuit terrible, cette nuit de débauche orgiaque…
— Vous êtes folle…
— Tu m'as baisée comme un hussard !
— C'est… Je m'en suis excusé… Vous m'avez.. Vous me perturbez tant.
— Toi aussi. Tu me rends folle ! C'est incompréhensible.
— Vous m'avez mis un zéro !
— J'étais sous le choc ! J'étais bouleversée !
— Je m'en excuse.

Je bus une gorgée pétillante, j'avais la gorge sèche. Je sentis ses doigts se serrer sur mon bras dans un geste passionné.
— Tu sais, j'étais perdue. J'étais émotionnellement détruite.

— Vous étiez en colère, il me semble.
— À cause de mon mari qui risquait de…
— Avez-vous eu des ennuis ?
— Avec mon mari ? Absolument pas ! Il s'en fiche et il n'est pas irréprochable, ce salaud ! Il n'a rien à me dire…
— Ah… C'est bien alors ? Enfin je veux dire… En réalité votre relation de couple est...
— Tu ne comprends rien ! J'étais détruite !
— Il faudrait peut-être développer un peu plus… C'est très confus.

Carine souffla, médita, puis prenant une longue inspiration.
— Je t'aimais, c'est la seule chose que j'avais comprise. Je ne pensais qu'à toi… J'étais désespérément amoureuse ! Je voulais tout quitter pour vivre avec toi… J'aurais abandonné ma vie !

J'en restai bouche-bée ! Sans m'en rendre compte, je m'étais levé. Carine me força à me rasseoir.
— Oui, j'ai bien pensé que toi, de ton côté… tu te fichais bien de moi. D'ailleurs tu n'as pas cherché à me joindre, à avoir des nouvelles. Tu es un pervers narcissique, un voyeur, un manipulateur. J'étais sous ton emprise démoniaque… Il fallait que je m'en libère. Alors je suis allée voir ma thérapeute. C'est qui m'a expliqué tout cela. Elle m'a ouvert les yeux sur toi.

Je parvins à balbutier :

— Tu as une psy ? Moi aussi j'ai fait une analyse longtemps après notre stage de formation et cette scène traumatisante dont nous avons été témoins...
— Laisse-moi, parler !

On se regarda. Ses pupilles étaient dilatées, elle était frémissante, d'une extrême nervosité. La tension montait sans que je comprenne vraiment pourquoi.
— Accompagne-moi… fit-elle, soudain.
— Hein ? Quoi ? Où allons-nous ?
— Aux toilettes !
— Tous les deux ? Ce serait parfaitement inconvenant !
— Viens, je te dis, sinon, je vais me pisser dessus… J'ai bu trop de café !
— Mais... Hé bien, allez, ma chère... Allez vous soulager.
— Tu veux me voir uriner, je le sais !
— Comment ? C'est totalement…

Elle ne m'écoutait pas. Elle m'entraîna, me tirant par la main, comme un gosse, ses talons tambourinaient sur le carrelage, puis dans l'escalier descendant au sous-sol. Il n'y a rien de plus triste que les sanitaires français, surtout dans les lieux publics. Sans la moindre hésitation, elle me précipita dans les toilettes dames, inoccupées fort heureusement, trois malheureuses cabines aux portes taguées.
— Mais enfin Carine ! C'est de la folie !

Sans un mot elle entra dans une cabine et souleva sa

robe noire. Elle ne portait pas de culotte, mais des bas noirs tenus par des jarretelles. C'était terriblement érotique.
— Embrasse-moi la chatte !
— Mais non !
— Dépêche-toi !
— Je vous ai dit que…
— Fais-le ! Tu en meurs d'envie ! Assume ta sexualité !
— Je ne pourrais pas… C'est terriblement… dégradant…
— Je te sucerai après !

Comment expliquer l'élan qui me saisit alors. Je m'agenouillai comme un pénitent, fermai les yeux et déposai un chaste baiser… Enfin, d'une main ferme, elle me plaqua le visage sur son intimité humide de cyprine. Elle me maintint fermement ainsi pendant un temps qui me parut une éternité. Je ne me rappelle pas ce que je fis, seulement ses gémissements rauques et terriblement gênants.
Finalement d'un geste ferme, elle me repoussa, s'assit tranquillement sur la cuvette et urina. Je ne pouvais détacher mes yeux d'elle, enfin…
— Débarbouille-toi, poussin ! C'était très bien.

Tandis que je me nettoyais au mieux, le visage que me renvoyait le miroir me parut inconnu. C'était la déchéance qui me défigurait. Carine vint à mes côtés se laver les mains.
— Carine…
— Tu as aimé, hein, pervers ? Me voir pisser…

— Non ! Comment pouvez-vous… dire ça !
— Tu n'as pas arrêté de mater.
— J'étais suffoqué par votre indécence.
— Tu parles !
— Vous… Tu as dit que tu me sucerais…
— J'ai menti ! Viens, partons avant que quelqu'un arrive et que ça fasse un scandale. Tu es dans les toilettes dames, bon sang !
— Vous avez… C'est trop fort, je…
— Tu parles trop, Hubert. Ta perversion n'a pas de limite. M'obliger à uriner devant toi… C'est une humiliation terrible. Tu m'avilis !
— Comment osez-vous prétendre que…
— Il faudra que j'en parle à ma thérapeute… Je suis dans un tel état de nerfs… Allez !

Elle avait tous les vices, c'était un être méprisable et dangereux. J'avais beau la regarder, je ne pouvais pas la trouver laide… Elle me paraissait toujours aussi belle et désirable.

Nous remontâmes. Je me sentais l'homme le plus minable de la création. Quand je pense que j'avais mal jugé le type avec ma jeune élève au Pussy Cat… Je n'étais pas différent de lui, à présent. Non, j'étais pire, parce que moi, je suis lucide, j'ai de la culture, des connaissances. Je sais à quel point le vagin et la vulve sont pleins de germes, de virus, de champignons. J'étais probablement contaminé, cela me fit froid dans le dos. Pourquoi n'avoir pas résisté à cette pulsion obscène ? Pourquoi avoir obéi ? C'était cette femme… Son influence néfaste libérait le mauvais en moi.

Nous marchions sur le parvis de l’hôtel de ville, Carine remit ses lunettes noires. Elle marchait vite, comme pressée de rentrer.
— Oh putain… Hubert… Salaud… Dans le porno, le SM sert de support à l'expression des fantasmes de puissance. Ce n’est pas une pratique fantaisiste, cela traduit une tendance du psychisme à osciller entre domination et soumission. C’est complexe… Quel en est le désir sous-jacent ? Hein ?

Mais de quoi était-elle en train de parler. Je restai silencieux. Elle continua comme si je n’étais pas là.
— Non, tu ne me domines pas ! C’est moi qui te contrôle, qui te donne le plaisir dont tu as tant besoin. Tu me méprises, tu m’utilises… Tu te sers de moi, de mon corps, de mes sentiments pour toi. Mais c’est moi qui… C’est moi qui l’ai choisi ! C’est parce que je le veux bien !

Fallait-il la laisser continuer à pérorer de la sorte ?
— Tu n’as pas le droit de m’avilir, de me salir. J’ai droit à un minimum de respect.

Il me vint à l’esprit qu’en fait je pouvais comprendre le désintérêt de son mari pour elle. Elle était tout bonnement insupportable. J’esquissai un geste d’adieu...
— Tu as une technique de contrôle mental, de domination. Tu es un prédateur, un manipulateur.

Tu affiches une insignifiance de façade, un air niais et même benêt pour faire baisser la garde... Pervers !

C'en était trop. La coupe était pleine.
— Mais enfin, c'est fini oui ce délire ? Je comprends pourquoi monsieur votre mari... le pauvre...
— Ne parle pas de mon mari après ce que tu viens de me faire dans des toilettes publiques ! clama-t-elle.

Je fus saisi d'effroi à l'idée que quelqu'un puisse l'entendre.
— Vous perdez la raison, pas si fort, on pourrait nous entendre !
— Tu as honte de toi, hein, professeur Stan ?!
— Je... ne sais plus vraiment, où j'en suis, c'est certain.
— Il faudra en parler à ton psy. Moi, je ne supporte plus, je ne suis pas là pour endurer tes conflits intérieurs.

Tout à coup, elle prit mon bras et marcha plus lentement, serrée contre moi.
— Douleur et plaisir sont des sensations. Elles s'incarnent et permettent très tôt dans l'enfance de donner un espace au corps. Celui-ci se construit comme monde sensible traversé de perceptions tantôt déplaisantes, tantôt plaisantes. Le corps que nous sommes est initialement délimité par ces expériences. Le plaisir est tiré de la satisfaction des besoins tandis que le déplaisir provient de leur frustration. Au départ, le plaisir est lié à la survie

tandis que le déplaisir indique une situation de danger vital. Il précède une possible disparition du sujet. Il se rattache donc à la mort. Plaisir et déplaisir sont donc respectivement articulés aux pulsions de vie et pulsions de mort...
— Mais enfin... qu'est-ce que c'est que ce monceau de conneries ? Je vais vomir !

Carine, d'un geste imprévisible, se jeta dans mes bras, recherchant ma bouche et s'abîma dans un baiser brûlant qui me déclencha une érection inopportune.
— Nous ne nous reverrons pas. C'est un baiser d'adieu ! fit-elle, dramatique.
— En effet, je crois que c'est préférable.
— Tu me fais trop de mal ! Tu ne m'aimes pas autant que je t'aime. Tu ne penses qu'à toi, égoïste comme tous les hommes. Dans ma tête tout vacille... Mes certitudes sont bouleversées... Pourquoi a-t-il fallu que je croise ta route ?

C'était tellement surréaliste, comme si elle vivait dans son monde, totalement déconnectée de la réalité. Certes, c'est le cas de beaucoup de femmes, je le concède.
— Tu m'aimes ? dis-je bêtement.
— Tu n'écoutes pas ce que je te dis ? Sois attentif : c'est fini... nous deux, c'est fini.

Elle me laissa en plan, se précipitant dans l'escalier menant au parking souterrain. J'étais si perplexe que je m'assis sur un banc pour réfléchir.

Après quelques minutes, ma conduite à tenir était prête : voir le Doc, faire le maximum d'examens pour les MST et prendre un traitement antibiotique préventif. C'était une urgence absolue. Je me hâtai.

9

Cette nuit-là, je fis un horrible cauchemar… Je poussai un hurlement tel qu'il réveilla l'immeuble. Les voisins affolés vinrent tambouriner à ma porte, persuadés qu'on m'avait assassiné.
Ma voisine, madame Flapis, insista pour me faire une infusion. Elle m'aime bien, c'est une femme très serviable, une postière. Elle a de la moustache et un visage peu gracieux, mais un grand cœur et des mollets de cycliste.
Elle m'a proposé de faire mon ménage, ma lessive, mon repassage, parce que j'avais mauvaise mine et que j'étais surmené par mes vacances.

Ce cauchemar me hantait. J'avais rêvé de la sulfureuse Carine avec un C. Une véritable vision d'horreur : sur mon palier, avec ses valises et ses enfants, venant habiter chez moi ! Ces gosses m'appelant « papa » ! Une vie d'esclave… de soumission, d'enfermement dans son univers de folie. C'était tellement épouvantable que le hurlement « **ha yaaaaaa** ! » avait retenti bien malgré moi, car je suis d'un naturel discret.

Il faut avouer que j'avais abusé du chocolat en guise de dîner - cela calme le stress - et que j'avais revu un film tordu : *Fatal attraction* avec Mickael Douglas et Glenn Close. Cela n'avait probablement pas amélioré mon état de nerfs.

Après avoir rassuré mes voisins et surtout madame Flapis, je tentai de retrouver le sommeil dont j'avais tant besoin. Impossible, j'étais trop nerveux.
Je ne pus pas m'empêcher de vérifier jusque dans la rue si Carine n'était point là, me surveillant dans sa grosse voiture familiale pour famille nombreuse, m'épiant comme un chat en embuscade. La rue était calme, on entendait le grincement du camion boueux au loin, la nuit s'effilochait, les clochards dormaient encore.

J'étais mal. La faute à cette Carine... Elle avait dit qu'elle m'aimait, elle avait dit tellement de choses atroces sur moi... Elle m'avait forcé à cette pratique dégradante... J'avais d'ailleurs l'impression d'avoir encore le goût à la fois sucré et saumâtre de sa cyprine. Je ne parvenais pas à comprendre pourquoi j'y avais mis ma langue. Pourquoi ? Pourquoi cette attirance insensée pour cette folle, délirante, parano, hypocrite, menteuse, avec ses pratiques sexuelles totalement scandaleuses !

J'en étais même arrivé à la conclusion qu'il me fallait déménager. Ce qui était une lâcheté extrême, une capitulation sans condition indigne d'un homme.

Je décidai néanmoins de m'éloigner pour quelques jours. J'étais nerveusement au bord du burn-out, c'était une nécessité vitale, une mesure de sauvegarde.

Avec satisfaction, je montai à bord de ma nouvelle voiture de luxe et fis route vers ma résidence secondaire, dans la lande de Ploumardec. J'y possède une maisonnette minuscule, héritage de ma marraine Béatrix, sise en un lieu isolé, vaste étendue herbeuse avec un horizon désolé à perte de vue, battu par les vents. J'aime y faire voler mes cerfs-volants, la tête en l'air comme un idiot contemplatif. Le sable recouvre tout tel un linceul, irrite les yeux, ronge lentement mais sûrement. Le sable c'est le début et la fin de toute chose.
Ici, les oiseaux volent immobiles dans les courants d'air, les herbes entêtées baissent la tête et font pénitence. Le chant lugubre du vent berce le rêveur et l'empêche de reposer.

Arrivé en fin d'après-midi, je constatai que ma voiture affichait une myriade de voyants inquiétants. Je relativisais car Seb m'avait prévenu : « il y a toujours plein de trucs qui s'allument, c'est normal, c'est l'informatique, ça bug toujours, c'est comme ça les voitures modernes. »

La maison était toujours là, faisant face bravement, survivant obstinément. Elle serait encore debout quand je ne serais plus, cela me consterna. C'est

pourquoi, je ne m'encombre pas d'objets inutiles. Je vis minimaliste.
J'installai ma chaise en bois branlante sur le perron et me perdis dans la contemplation de l'horizon vide. J'espère toujours voir passer quelqu'un ou quelque chose, mais jamais rien ne survient. C'est un désert absolu, une immensité infiniment vide, à l'image de ma vie, pleine de connaissance et vide de sens.

Une larme coula sur ma joue. J'étais pitoyable. Et soudain, j'eus un sursaut. Non, le professeur Stan, c'était quelqu'un, ce n'était pas vain ! Je refusai ce constat d'échec, moi je n'échoue pas, je réussis là où tous les autres ont échoué !
La preuve ? Cette Carine, cette femme voluptueuse, belle, sensuelle, cultivée : elle était folle de moi, elle m'était soumise ! À moi ! Malgré tous les obstacles, son mari, sa vie de famille, sa réputation, sa position sociale, c'est moi qu'elle avait choisi. Ce n'était pas rien. Je l'avais marqué par mon charisme.

J'appelai Carine. Oui, je sais, c'est complètement dingue, mais le meilleur moyen d'échapper à un problème, c'est de foncer dedans.
— C'est moi ! Le professeur Stan.
— Je sais bien que c'est toi. Pourquoi tu m'appelles ? On s'était dit adieu ! fit-elle, froide et cassante comme une prof aigrie.
— Je veux te revoir.
— Hein ? T'es complètement dingue ! Tu réfléchis avant de parler, des fois ?

Cette question n'étant que rhétorique, elle n'attendait aucune réponse. Elle médita un instant :

— Tu m'aimes ?

— Pourquoi tu me demandes ça ?

— Parce que c'est la question essentielle ! La seule question qui compte, enfin pour une femme. L'amour c'est le plus important !

— Mais qu'est-ce que l'amour ? Comment le définir ? Ce concept est si galvaudé.

— Tu veux encore me manipuler, m'embrouiller pour me soumettre à ta volonté...

— Oui ! Tu es ma soumise ! Tu l'as écrit !

— Que veux-tu de moi, enfin ?

— Je veux tout ! Je veux être ton maître, je veux ton âme et ton corps…

— Enfin tu te dévoiles espèce de pervers vicieux…

— Je… Je te choque ?

— Oh oui… Mais tu me fais tellement jouir que… c'est impossible de te résister, espèce de monstre.

— Je te fais jouir ?

— Comme si tu ne le savais pas ! Ton petit jeu ne prend plus avec moi… Que veux-tu me faire ?

— Mais c'est que…

— Me fesser ?

— Heu…Oui mais...

— Me ligoter et me prendre de force ?

— Mais… N'est-ce pas…

— Me fouetter et me punir ?

— Mais enfin…

— Tu sais ce que j'aime, espèce de salaud ! Tu sais tout de moi, je suis nue devant toi ! Je te hais !

— Carine…

— Hubert ! Je suis ton esclave ! Demande-moi n'importe quoi, je le ferai.

— Mais ton mari ?

— Laisse mon mari en dehors de ça ! Il s'est barré avec sa pouffe ! Une gamine de...

— C'est atroce…

— Par ta faute !

— Pourquoi moi ?

— Bah, j'étais tellement mal, tellement désespérée… Tu m'as abandonnée, tu m'as jetée comme une merde !

— Mais c'est toi qui… Tu as dit « adieu » !

— Et tu n'as rien fait pour me retenir ! Pas un mot, pas un geste. En réalité, tu étais bien content.

— Mais…

— Alors, j'ai dû expliquer à mon mari pourquoi j'étais dans un état pareil : j'ai avoué que j'étais amoureuse d'un homme… Mon maître...

— Non ! Tu n'as pas dit...

— Je n'en pouvais plus ! Hubert !

— Carine…

— Hubert… Je t'aime comme une folle ! Il y a un lien spécial entre nous, ne le sens-tu pas ?

— En effet… Je pense tout le temps à toi… C'en devient obsessionnel compulsif.

— Oui ! Nous sommes des âmes-sœurs !

— Tu crois vraiment à ce concept… puéril ?

— Avec toi c'est toujours... Mais putain... Il faut toujours que tu me fasses du mal, hein ? Hubert, tu es capable d'aimer quelqu'un ?
— Non, pardon... Je dois apprendre... c'est nouveau pour moi tout cela. Tu me prends pour un monstre ? J'ai un cœur qui bat dans ma poitrine ! Si tu me piques, je saigne...
— Assez d'étaler ta culture livresque ! Vis, aime !
— Comment savoir ? Comment être sûr ?
— Hubert...
— Oui ?
— Va mourir !
— Mais non...

Elle avait raccroché. J'étais mal. J'étais très mal, totalement bouleversé dans mes concepts existentiels.
Je mis mes oreillettes et écoutai le « jardin féerique » de Ravel. En général cela m'apaise.
Je reçus un appel, c'était Carine.
— Hubert... Viens ! Tu me manques trop. J'ai besoin de toi, j'ai envie de toi... Tu pourras tout me faire. Prends ton plaisir, je t'aimerai pour deux... J'accepte ! J'accepte tout !
— Chez toi ? Mais...
— Oui. Viens !
— C'est que... C'est une décision grave qui mérite...
— Il faut que je te supplie ? Je te sucerai !
— Carine...
— Tu aimes les enfants ?

— Je suis enseignant, ma foi… S'ils ne sont pas trop ignares et dissipés.
— Hubert… Tu ne changeras jamais ?
— Il y a plein de choses que je ne serai jamais…
— Viens comme tu es…
— Je ne suis qu'un vieux con, Carine, un prof miteux...
— Ne dis pas ça… Tu es tellement plus… Mon amour.

Une nouvelle aventure, une nouvelle vie… Un tournant dans mon destin, avec une femme admirable et divinement belle dans ma vie, c'était inespéré. De toute façon, je savais que je ne pourrais pas résister à l'appel de Carine. La décision ne m'appartenait plus. Son dernier mot m'avait donné des palpitations.

Oui, j'avais besoin de me fixer, de cadre dans ma vie, de repères, d'espoir. J'espérais y arriver avec Carine. Pour la première fois dans ma vie, j'étais un peu optimiste.

Je refermai la maison et sautai dans la Mercedes. J'avais la voiture de l'homme parvenu et la femme la plus belle et la plus sensuelle qui soit ! Moi, professeur Stan.

La voiture refusa de démarrer, affichant un abscons message : défaut pollution. J'appelai Seb.
— Débranche la batterie, prof. Faut remettre à zéro le calculateur. Dévisse une cosse et attends deux minutes.

— Et après ?
— Tu rebranches. Ça devrait le faire.
— Ah bon.

La remise à zéro du calculateur fit repartir la voiture et je fonçai, tout en me conformant scrupuleusement aux limitations de vitesse.
Remettre à zéro le calculateur, c'était la clé. Repartir de zéro, ne pas s'encombrer du poids du passé. Quel philosophe, ce Seb. Un grand homme en réalité. Et moi, professeur Stan, j'étais aussi un homme nouveau.
Tout en pensant à Carine, je fus confus de constater que je bandais. C'était gênant et quelque peu indigne, aussi je décidai de déclamer une tirade célèbre de Shakespeare, le viol de Lucrèce :

La gloire du temps est d'apaiser des princes les querelles,
De démasquer le fourbe, d'éclairer la vérité,
De marquer de son sceau toute chose mortelle,
D'éveiller le matin, sur la nuit de veiller,
D'offenser l'offenseur pour le faire expier,
De saper lentement les demeures altières,
Et souiller leurs tours d'or splendides de poussière.

10

Et voilà, j'étais en couple. Engeôlé, non, plutôt, enjôlé par une mère de famille, française, fonctionnaire, séparée à la libido exacerbée. Était-ce une vie pour un homme comme moi, un esthète ? N'était-ce pas un pis-aller, une forme de renoncement aux idéaux de liberté et d'anti-conformisme ?
En réalité, j'étais devenu le jouet de ma sexualité et des déviances de Carine.

Étais-je heureux ? Je passais mon temps à m'entendre appeler.
— Hubert, tu as réparé le robinet qui goutte ?
— Non, ma douce, je n'ai pas le joint. Je ferai demain...
— Mon ex, lui...

Oui, l'autre brillait par son absence. L'autre était tellement mieux, plus efficace, plus adroit de ses mains, plus bricoleur. Plus tout !
— Hubert, il n'y a pas d'eau chaude...
— Comment est-ce possible. Tu es sûre ?
— Tu peux aller voir... J'ai peur qu'il y ait une panne.
— Mais je n'y connais rien.

— Hubert, fais quelque chose ! Tu es l'homme de cette maison ! Mon mari, lui...

L'autre, lui, il savait, il n'y avait même pas besoin de lui demander. Fort heureusement, moi, j'avais Seb et son ami le débrouillard Fabrice que je pouvais appeler en cas de besoin. Cela me coûtait fort cher, mais la tranquillité est à ce prix.
— Hubert, la voiture fait un bruit bizarre. Je ne sais pas ce qu'elle a ?
— Ce n'est probablement rien. La mienne signale aussi tout un tas d'anomalies et au final...
— Mais le voyant moteur est allumé ! Jamais mon…
— OK ! J'ai compris…

En plus, j'avais sur le dos Riri, Fifi et Loulou… Les affreux bambins de Carine, agités, turbulents, constamment malades… Et d'une ignorance crasse. Je tentais bien d'y remédier… peine perdue.
— Dis, Hub, on a faim. On va manger quoi ? piaillait une petite voix impatiente.
— Salade de pissenlit au vinaigre balsamique...
— Beurk !! On veut des Mac Do !

Cela n'arrêtait pas. C'était épuisant, du matin au soir, même la nuit. C'était épuisant.
— Hub, tu m'aides pour mes maths… j'y comprends rien.
— Tu ne devrais pas voir cela avec ta mère.
— Elle a dit que toi tu saurais… T'es une tronche.

Je regardai, bien que n'étant pas scientifique. C'était

odieusement trivial. Genre x-1=2. Combien vaut x ?
— Cela paraît pourtant évident non ?
— Bah non en fait. Combien y vaut X ? Hein combien ? Qui peut le savoir ?
— Ah... je vois... C'est plus profond que je ne pensais... Ton père ne t'a pas expliqué les maths ?
— Bah... Il est parti maintenant... Tu sais bien... Depuis que t'as dragué maman.

Comme il est facile de pervertir la vérité. Les innocents n'ont pas leur place en ce monde dévoyé. Je ne me sentais pas la force de corriger constamment l'injustice, ni d'éduquer la marmaille de Carine.
— Regarde sur internet tu trouveras bien la réponse à ton problème...
— C'est pas tricher ?
— Mais non. C'est s'adapter, c'est survivre. C'est Darwinien. En réalité, c'est comme cela qu'on devient président...
— C'est cool. Merci Hub !

Et Carine ? Était-elle heureuse avec moi ?
— Hubert, mes enfants mentent, trichent, fraudent, répondent, sont impertinents et même disruptifs ! C'est toi ! Je te reconnais bien là ! Mais tu es complètement inconscient ! Tu dois donner le bon exemple ! Tu m'écoutes ? Hubert ! Tu es constamment dans la lune, mon pauvre ami ! Redescends de tes sphères philosophiques éthérées !

En réalité, j'avais l'impression de n'avoir que des

reproches de Carine.
— Tu n'aimerais pas qu'on fasse un truc à trois avec mon ex-mari. Je rêve d'être prise par deux hommes ! Ça me fait mouiller !
— Ce serait totalement déplacé ma chère. Comment pouvez-vous me soumettre pareille idée ?
— Et allez donc. Le vouvoiement réprobatif. Avec toi c'est toujours pareil, mon pauvre… L'ennui total !

Ou encore, au restaurant, parce qu'il n'y avait plus rien à manger à la maison, personne n'ayant eu l'idée d'aller faire les courses, j'avais autre chose à faire de plus important, je suis le professeur Stan !
— Hubert… Tu te rappelles les toilettes de ce café, l'Orangerie...
— Certes… Est-ce bien le moment d'évoquer pareil sujet ?
— Les enfants ont leurs oreillettes… Sourds comme des pots.
— Justement, ne serait-il pas plus sage de leur supprimer cet accessoire nuisible qui les abrutis...
— Hubert ! Mes enfants sont intelligents ! Je n'aime pas cette insinuation. Tous les jeunes en ont !
— Ils sont tous sourds !
— Pff ! Tu ne peux pas comprendre !

Parfois, Carine pleurait.
— Pourquoi pleures-tu, ma douce amie ? Tu sais que je ne supporte pas.
— Tu t'en fiches ! Tu ne m'aimes pas !
— Pourquoi dis-tu cela ?

— Tu ne me l'as pas dit de la journée !
— Bah, simplement, j'étais occupé…
— Tu es bien comme mon mari, ce salaud ! Vous les hommes, vous êtes tous pareils !

Et vous croyez que niveau sexe, avec une telle femme dans mon lit tous les soirs… Que nenni !
— Hubert, je suis morte de fatigue…
— J'espérais… un peu de réconfort ma mie !
— Vas-y, mon amour… te vexe pas si je m'endors… Je t'aime…

Quel manque de tact et de considération. Parfois elle n'avait absolument aucune délicatesse.
Toujours à se plaindre, toujours malade ; au final ce n'était pas le rêve promis, loin de là.
— Pas ce soir, Loulou, j'ai mes trucs, tu sais bien…
— Encore ? Plusieurs fois par mois, alors ?
— Mais non ! Je ne supporte pas tes sarcasmes, je ne suis pas d'humeur, j'ai mal aux seins !
— Dis-toi que tu seras débarrassée de ces désagréments quand tu seras ménopausée ?
— Hubert, tu es odieux !

Et puis le mari venait pour son tour, la fameuse garde alternée, pour ne pas perturber la psychologie enfantine, garder le « lien ». En réalité, il était sympathique. Lui, il avait probablement fait le bon choix, il avait pris une femme jeune, il avait saisi le sens de la vie, malgré son intellect limité. Ce qu'il avait compris immédiatement, moi avec toutes mes connaissances et mon expérience de la vie, je le découvrais seulement. Moi je prenais les « restes » d'un autre ; pardonnez la trivialité de cette expression, mais c'est tellement vrai. Je n'avais qu'une femme déjà blasée et usée par la vie. La spontanéité s'en était allée avec les difficultés de la vie.

En définitive, c'étaient toujours des cris et des reproches, de la suspicion, de l'espionnage. Carine me surveillait constamment.
— Hubert, tu sens le parfum !
— Mais non ! C'est mon déo.
— Non, c'est un parfum de femme !
— C'est impossible.
— Tu me trompes ?
— Certainement pas ! Je suis un homme d'honneur.
— Menteur ! Tu avais promis !
— Je n'ai rien fait… C'est probablement le parfum de madame Musquin. J'ai travaillé dans son bureau.
— Cette garce te suce, c'est ça ?
— Mais qu'est-ce que tu vas imaginer. C'est une femme âgée et tout à fait respectable.
— Tu m'as trompée ? Dis-le-moi, ce doute, cette incertitude me ronge !
— Mais non… Enfin, Carine !

Et voilà qu'elle avait les larmes aux yeux. Alors, il me fallait la rassurer, la consoler, la cajoler. Elle pouvait passer brutalement d'une humeur à l'autre sans transition.

Oui, ma vie n'était pas simple et aussi idyllique que je l'avais imaginé. Avant, j'étais mal, à présent, j'étais encore plus mal, parce qu'il y avait tout le temps quelqu'un qui m'appelait et que je n'étais jamais tranquille. Intellectuellement, je dépérissais. Aussi, j'en étais venu à envisager de quitter Carine et de reprendre ma vie d'avant.

C'était ce qu'il y avait de mieux pour elle et les enfants. Nous n'étions pas heureux en réalité, notre couple n'était pas harmonieux, fondé uniquement sur le sexe, il ne pouvait tenir. D'ailleurs ses enfants me détestaient, un peu comme mes élèves, coïncidence étonnante.

Ce soir-là, j'étais absorbé dans la lecture du dernier Goncourt que je trouvais bien mauvais.

— Hubert, tu n'es pas prêt ?

— Mais si… Ah… oui, oui, voilà !

— Enlève tes baskets ! On va au concert ! Mets tes chaussures !

— Pardon… C'est une bourde.

— Hubert, sois attentif ! Comment trouves-tu ma robe de soirée ?

— Ravissante ! Tu es éblouissante ma chère.

Je regardai Carine, toute pomponnée : une vraie femme fatale, rayonnante de féminité et de sensualité… Une bombasse comme aurait dit la jeunesse décérébrée. Je lui souris, elle rougit de bonheur. Elle avait acheté des places à l'opéra de la ville pour un concert de Mahler, la symphonie Résurrection que j'affectionne beaucoup. Elle n'aime pas Mahler, ce qui me désappointe beaucoup, mais pour moi, elle est capable de faire des folies... parfois. J'aime l'opéra. C'est le grand luxe bourgeois, un peu ostentatoire mais réconfortant, comme ma Mercedes. La salle était loin d'être pleine. En majorité des gens d'un certain âge, pour ne pas dire des vieux qui consument leur retraite en plaisirs intellectuels. Nous étions seuls sur notre rangée au fond de la salle. La lumière baissa, la musique s'imposa. Malgré la bonne musique, je commençais à m'ennuyer. J'écoute toujours la musique en faisant autre chose, je lis, j'écris, je joue aux échecs... mais rester à bailler aux corneilles à regarder les musiciens en smoking... Devant moi, des crânes chauves déprimants pour ceux qui ont encore un peu de cheveux et qui craignent de les perdre. Des femmes grosses et enlaidies par l'âge, pleines de bijoux, témoins de l'affection sans borne de leur tendre époux.

Je regardai Carine... elle n'arborait que de simples clips aux oreilles. Est-ce ma faute si je ne suis qu'un fonctionnaire mal payé et si l'inflation nous prend le peu que nous gagnons ? Serai-je radin ? Non ! Définitivement non ! Mais j'ai pourtant un peu honte de ne pouvoir offrir plus à Carine.

Soudain, Carine sombra. Elle coula littéralement comme le Titanic. Ma braguette s'ouvrit, mon pénis se trouva libéré et bientôt prit place dans une douce tiédeur accueillante. Des petits baisers tendres sur mon gland, des caresses... L'imprudente Carine s'était mise en tête de me faire une fellation en plein concert, sans même demander la permission. Mais aucun homme sur terre n'aurait pu repousser ses avances. Elle y mettait tout son cœur et toute sa sensualité. Un "**arghh** !" étouffé, un « gasp » nauséeux lui échappèrent quand elle tenta d'avaler entièrement la « chose ».

Fort heureusement, personne n'entendit rien. Pas une tête ne se tourna. La musique ne s'offusqua pas, et Carine poursuivit son solo de flûte avec application et délectation. Elle me connaît sur le bout des doigts, elle sait comment me faire jouir intensément ; c'est une virtuose de l'amour. Elle mordillait, elle contrôlait la montée crescendo, relâchait la tension au moment opportun puis reprenait l'assaut avec une langue caressante.

C'était à la limite du soutenable, une douleur jouissive si intense que je me crispai sur les accoudoirs. J'eus une suée, sentant la fin venir en ce lieu incongru, je remis mon âme à Dieu. Et soudain, j'explosai bien malgré moi :

— Sainte mère de Dieu !

Ce cri retentit, écrasant tout sur son passage, comme une déferlante, éclatant dans l'acoustique parfaite de cette salle. Mahler n'y résista pas, fracassé par la dissonance, le chef eut un hoquet et fit tomber sa baguette. Les têtes se tournèrent avec stupeur !

Le monde entier me regardait, me jugeait, me condamnait, moi, le professeur Stan ! Rouge de confusion, fusillé de ces regards hostiles, je ne pus que bafouiller :
— C'est si beau... J'ai cru faire un arrêt cardiaque. Pardon... Pardon...

Je sentais les doigts agiles de Carine s'activer, mon pénis reprenait sa place, ma braguette remontait... Elle esquissa un mouvement pour refaire surface, mais le monde entier avait les yeux sur moi aussi, je la maintins plaquée. C'était sans compter sur une vieille bique assise en retrait, à droite, probablement arrivée en retard, que je n'avais pas remarquée et qui fit une remarque acerbe :
— Il se faisait sucer par sa femme ! On laisse entrer n'importe qui au concert, maintenant ! C'est la chienlit comme aurait dit le général !

Un « oh » unanime et scandalisé retentit dans l'enceinte violée de l'opéra.
— Monsieur, vous sortez ! s'indigna le chef, pointant sa baguette. Votre conduite est inqualifiable !

Carine se redressa, très digne, elle essuya sa commissure droite avec élégance.
— Cela manquait d'énergie, monsieur ! Je me suis ennuyée, lança-t-elle au chef, impertinente en diable.

Un autre « Oh ! » tout aussi tonitruant et réprobateur, s'éleva de l'assistance cultivée. Carine vérifia tranquillement son maquillage sur son miroir

de poche et m'entraîna rapidement, hors de la salle. Nous nous sommes enfuis en riant comme des collégiens. Sur le parvis, Carine m'arrêta, essoufflée, souriante.
— Tu es complètement folle, ma Carine.
— Oui ! Je suis folle de toi !
— À ce point, ma douce ?
— Tu en doutes ?
— Mais...
— Les enfants t'adorent.. J'appréhendais leur réaction tu sais... Mais tu es parfait...
— Vraiment ?
— On est tellement heureux ensemble...
— Tu trouves ?
— Mais oui ! Tu n'es pas heureux, mon amour ?
— Ah... Mais si ! Absolument. Maintenant que tu me le dis... C'est vrai que...
— Tu te fiches de moi ? Tu me fais marcher ?
— Certainement pas. Je n'oserai pas en un tel moment.
— Dis-moi la vérité !
— C'est la vérité. Parole de gentleman !

— Hubert ! s'exclama Carine, se jetant dans mes bras.

Quoi ? Ce n'était pas sincère ? Moi mentir ? Bien obligé. Dans la vie on est toujours piégé dans ses contradictions, on n'en sort pas, rien à faire. Que pouvais-je dire d'autre à cette femme follement éprise ? Je ne suis pas un monstre, tout de même.
— Tu n'es pas trop déçu, mon cœur, me demanda

Carine.
— De quoi ?
— Du concert…manqué…
— J'ai le CD… Ne t'inquiète pas. Je commençai à m'ennuyer.
— Alors tout va bien.
— En rentrant, je te ferai… ce que tu aimes tant.

Oui, je sais, ce que vous vous dites. Je suis un pauvre type, je suis tombé bien bas, je fais fi de la plus élémentaire prudence concernant le risque infectieux. Mais… le plaisir est à ce prix.
Carine éclata de rire. Elle me prit la main et m'entraîna dans sa fougue et sa joie de vivre :
— Viens, vite ! Allez ! Hubert, tu traînes !

11

Les femmes ont un sixième sens. Je n'y croyais pas, étant par essence cartésien, mais il m'a fallu en convenir. Carine en est dotée, elle aussi. Pressentant le danger (mes idées de la quitter et de reprendre la vie d'avant), elle se mit à déborder de tendresse, d'affection, de cadeaux. Parfois c'était des douceurs (chocolats Belge dont je raffole), parfois un compliment impromptu « Hubert, tu es parfait », mais le plus souvent, elle passait en mode bonobo : la sexualité comme moyen de désamorcer les conflits et les crises, une copulation express. Et ça marchait, il fallait bien en convenir : après une séance torride dans ses bras, comment partir ? Comment lui refuser quoi que ce soit ? Quel homme pourrait tenir tête à Carine ? Je défie quiconque. J'étais une victime de l'amour.

Carine est une femme qui se pose beaucoup de questions. Sa thérapeute ne lui suffit pas, c'est évident.

— On est heureux, hein, Hubert ?

— Tu le penses ?

— Mais oui ! Je crois que je n'ai jamais été aussi bien.

Tu sais qu'avec toi, il n'y a jamais de disputes, jamais de cris, jamais la gueule, jamais ! C'est dingue.
— Heu… si des fois. Quand tu crois que je t'ai trompée avec madame Musquin…
— Ça ne compte pas. Ce n'est qu'une saine jalousie de couple qui s'aime. Non, c'est l'entente parfaite entre nous.
— Pourtant quand tu me compares à ton ex-mari, je n'ai pas l'impression que...
— Ne me parle pas de ce salaud ! Pourquoi tu le ramènes toujours sur le tapis ? Tu m'agaces.
— Tu vois qu'on se dispute.
— Non, ça c'est pas une dispute, réellement. Juste une divergence d'opinions…
— Mais quand on parle de ta mère ?
— Hubert ! Ne recommence pas avec ma mère !
— Tu vois bien que...
— Non ! C'est juste… Bon, elle est chiante, c'est vrai. Mais c'est ma mère ! On dirait que tu veux vraiment qu'on se dispute ? C'est ça que tu cherches ?
— Tu vois, on se dispute, là. Tu es contrariée.
— Mais non, tu m'agaces. Sois un peu hypocrite de temps en temps ! Tu ne comprends rien aux relations humaines, mon pauvre ami !

Et voilà qu'elle avait les yeux brillants. Ses sautes d'humeur intempestives, passant de la colère au désespoir, étaient perturbantes. Il me fallait vite empêcher la larme et la mauvaise conscience qui va avec.

— Mais enfin, mon ange ? Pourquoi s'énerver à ce point ?
— C'est que… J'ai besoin de croire que j'ai fait le bon choix dans ma vie. Des fois, j'ai l'impression d'avoir tout raté. Je me sens nulle ! Je me sens laide ! Je me déteste !
— C'est surtout cette lubie sado-maso qui est toxique. Mais tu as bien évolué.
— Tu crois ?
— Certainement. Ta sexualité est presque normale, presque conventionnelle.

Carine leva les yeux au ciel, pas du tout d'accord.
— J'aimerais tellement que tu me fesses.
— Tu ne vas pas recommencer avec ça ?
— Si ! Punis-moi ! Je le mérite ! Je suis tellement coupable ! Je le mérite !
— Non c'est dégradant.
— Arrête avec ça ! Je ne suis consentante, ce n'est pas la même chose.
— C'est trop humiliant et infantilisant ! Tu es une femme libre. Tu dois t'affranchir de ce carcan péjoratif que tu traînes comme un boulet.
— Avec toi c'est toujours pareil ! Il faut que tu démolisses tout avec tes considérations à la con ! Tu es coincé, Hubert ! Tu es impossible ! Tu me détruis ! Tu sapes tous mes fondamentaux ! Je veux être fouettée !
— Non !
— Hubert, donne-moi ce plaisir. C'est comme le cuni,

tu étais réticent, tu faisais ta mijaurée et maintenant il faut te retenir de me bouffer la chatte !
— Je ne supporte pas la vulgarité, tu le sais très bien ! Et ce n'est pas la même chose. Pour le fouet, ce gadget ridicule, c'est hors de question.
— Je te hais !
— Allons Carine, sois raisonnable.
— Prends le fouet, lavette ! Sois un homme ! Punis-moi ! Je suis vulgaire, je suis une cochonne !

Alors, je me fais violence. Je fouette, mais avec douceur et délicatesse, les fesses rebondies de la belle Carine. Car il faut bien sanctionner les écarts, c'est légitime. Mais je n'y prends aucun plaisir. Absolument aucun.

Ce que j'aime chez elle, c'est que nous avons des discussions d'un haut niveau culturel, c'est l'avantage d'avoir une femme intelligente et enseignante.

Mais parfois c'est beaucoup plus terre à terre.
— Hubert, tu as pris ma carte bancaire ?
— Confisquée ! Tu dépenses trop, ce n'est plus tenable.
— Comment oses-tu ? Je te défends de me traiter comme une gamine !
— C'est toi qui me dis ça. Tu réclames la fessée, je te signale.
— Ça n'a rien à voir ! Espèce de radin, rabat-joie, rends-moi ma CB !
— Il n'en est pas question. Tu dépenses des fortunes

en lingerie !
— À qui la faute ? Espèce de pervers vicieux ! Ce que tu m'obliges à faire, ce que tu m'imposes !
— Ces accusations sont grotesques !
— Voyeur !
— Ma chère, je vais être obligé de sévir, tu sais que je déteste ça.
— Des menaces… Tu ne me fais pas peur ! La soumise domine son maître !
— Carine !
— Hubert !

Carine est une femme compliquée. On n'est d'accord sur rien, nos goûts sont aux antipodes. Nos valeurs ? Je suis anarchiste-libéral-capitaliste-socialiste. Carine est écolo-démocrate de droite-animiste. Elle a une passion pour les chats, le nudisme, les sévices corporels… Comment peut-on vivre ensemble ?
L'amour ? Oui, indubitablement, nous nous aimions. Je pensais ne jamais connaître ce sentiment et puis tout simplement, il s'est imposé à moi. Et probablement que le sexe est le ciment qui entretient la flamme.
Comment je l'ai compris ? Tout simplement, je ne supporte pas qu'elle soit loin de moi, je déteste la voir pleurer ou triste, je suis heureux quand elle l'est, j'aime trop quand elle me regarde. En un mot, je m'ennuie sans elle.

Carine, elle, était sûre, cela ne faisait pas le moindre

doute dans son esprit.
— On s'aime, c'est fou, disait-elle, les yeux rêveurs, collée contre moi sur le canapé.
— Oui, ma douce.
— Tu es fou de moi, je l'ai toujours su.
— C'est vrai ? Comment ?
— C'est simple. Je ne pourrais pas coucher avec un homme qui n'a pas de sentiments pour moi. Tu vois, pour une femme, c'est hyper important. Il me faut du romantisme, des égards, des attentions. En ce qui concerne le sexe, je ne suis pas aussi libérée que j'en ai l'air.
— Ah… Ce n'est pas l'impression que j'en avais.
— Tu ne me crois pas ?
— Mais si, mais si. À la réflexion…
— Tais-toi ! Embrasse-moi, monsieur le sceptique.

Parfois je me demande ce qu'une femme comme elle fait avec un type comme moi. Elle est tellement belle. Je me dis que j'ai beaucoup de chance, enfin je le crois à moins que ce ne soit le fait d'un dérèglement hormonal, la crise de la quarantaine et la pré-ménopause… Mais c'est égal, j'en profite égoïstement. Il faut être opportuniste dans la vie. Ce n'est pas tous les jours qu'on peut être le maître d'une soumise comme elle.

J'ai appris aussi à me garder de poser trop de questions à une femme de sa trempe. On part facilement en vrille.
— Carine, tu l'aimes encore ton ex ?

— C'est le père de mes enfants... On est resté ensemble plus de 20 ans... Il y a des liens qu'on ne peut rompre.
— Ah... C'est bien légitime.
— Tu es jaloux ?
— Mais non... C'était pour savoir... Je m'interrogeai.
— Tu es jaloux ! J'adore ça !
— Mais non, que vas-tu imaginer encore ?
— Oh si ! Ça m'excite beaucoup !
— C'était pour parler.
— Hubert, donne-moi du plaisir ! Je suis trop excitée !
— Carine tu es impossible !
— Je te laisserai regarder.
— Mais de quoi tu parles ?
— Tu pourras me voir pisser... après !
— C'est totalement inconvenant ! Tu es complètement folle !

J'ai appris beaucoup et notamment à m'accepter tel que je suis, avec mes défauts et mes qualités. On peut dire que j'ai beaucoup changé grâce à elle. C'est une femme formidable. Insupportable parfois, mais adorable.

12

Nous avions décidé de partir en amoureux au festival de Glapis sur Deule, musique contemporaine et médiévale. Oui, Carine est une intellectuelle très cultivée, quoique je ne partage pas ses goûts musicaux. Je n'étais pas très enthousiaste, mais je le cachais avec beaucoup de soin. Nous avions laissé la marmaille très contrariée chez les grands-parents paternels et beaucoup de reproches avaient fusés.
— Mamie Lydie pue du bec !
— On va s'emmerder pendant que vous... C'est honteux !
— Vous avez pas le droit de nous abandonner ! J'appelle la police !

Carine n'avait pas faibli. Elle avait fermé la bouche à tout le monde, hautaine, sûre d'elle.
— Vous ne pouvez pas comprendre... C'est important pour « mon » couple. Nous avons besoin de moment à nous...

Le couple, c'est vraiment la propriété des femmes, c'est leur truc. J'essaye de comprendre mais vraiment ce concept ne me parle pas.

Dans la voiture, Carine était mal à l'aise. Elle ruminait, rongeait son frein, puis soudain éclata.
— Quoi ? Tu me reproches d'avoir laissé les enfants ?
— Je n'ai rien dit !
— Dis ce qu'il y a ?
— C'est ton festival…
— Quoi ? Tu n'aimes pas la musique médiévale ? Tu aurais préféré autre chose ?
— Certes… La musique médiévale…
— Tu as raison. Moi aussi, ça me gonfle. On n'y va pas.
— Comment ? Tu veux annuler ?
— On va au salon sexy-porn à…
— Hein ? fis-je, tellement surpris que la voiture fit une embardée.
— C'est un salon porno, ça fait longtemps que je rêve d'y aller. Mon ex ne voulait rien entendre, mais avec toi… Tu ne me refuseras pas.
— Un salon porno ? C'est totalement indécent et certainement pas pour des gens comme nous.
— Arrête avec ta pudibonderie, Hubert. Quand on sait ce que tu me fais subir. Tu devrais être content. De toute façon, je sais qu'un pervers comme toi, ne peut qu'apprécier. On peut s'adonner à toutes les pratiques, essayer les nouveaux accessoires, les trucs sado-masos, la boutique du fouet, le prêt-à-porter latex. Tu pourras mater.
— Cesse ces insinuations blessantes sur mon hypothétique déviance voyeuriste !

— Je te connais !
— C'est de la calomnie ! C'est une perversion psychologique ! Ma psy dit que...
— Je me fiche de ce que dit ta folle de psy ! On va au salon sexy-porn ! Sois un homme, assume ta sexualité extravertie !
— On y va ! fis-je consterné. Je t'aurais prévenue que c'est une très mauvaise idée !
— Roule ! J'ai envie de m'amuser un peu. Je le vaux bien !

Quand on pense que cette femme avait la responsabilité de l'éducation d'enfants, qu'elle se drapait de convenance et de respectabilité... En réalité, je voulais voir jusqu'où sa perversion pouvait aller.

On fit demi-tour et en route pour le salon du plaisir jouissif. J'imaginais bêtement qu'il y aurait peu de monde. C'était bourré, plein à craquer. Le monde courait à sa perte, Sodome et Gomorrhe en pire. La luxure avait pris la place de la raison.

Je garai la voiture et Carine me pressa et me houspilla. Son impatience était palpable. À l'accueil, une bimbo en seins nous accueillit toute souriante.
— Vous êtes déjà venus ?
— Non, répondit Carine.
— Essayez de rester corrects et courtois. Tout rapport commencé doit être terminé. Vous acceptez tacitement d'être filmés, vous renoncez à vos droits

sur l'image. Enfin des gens de vos âges… Cela ne devrait pas poser de problème.
— Qu'est-ce que vous insinuez ? s'indigna Carine.
— C'est par là, madame, bonne journée.
— Hubert ! Tu as entendu ce qu'elle m'a dit ?
— C'était à moi qu'elle s'adressait.
— Menteur. Elle me regardait. Je suis vieille Hubert ! Je suis vieille ! se désolait ma Carine.
— Mais non ma douce. Tu es la plus sexy de toutes. Allons.
— Tu es trop gentil. Mais je sais que tu dis ça pour me faire plaisir.
— Je vais te donner tous les plaisirs.
— Mon Hubert ! Viens ! Amusons-nous !

Et nous avons pénétré dans ce salon particulier, siégeant dans une grande halle sonore, avec des stands partout tassés les uns contre les autres pour ménager un semblant d'intimité. Carine cramponnée à moi, écarquillait les yeux.
C'est vrai que comparée aux actrices et aux youtubeuses, elle paraissait un peu vieille. Je craignais qu'elle ne pique une crise à tout moment, je n'en menais pas large. Il fallait distraire son attention, une idée me vint :
— Veux-tu te faire punir et fouetter ?
— Oui, si c'est toi qui me fouettes !
— Regarde ce stand.

Un ensemble de fouets, de verges, des menottes, colliers à chien s'étalaient devant nous. Des

lesbiennes s'en donnaient à cœur joie.
— Fouette-moi, Hubert, après, tu pourras me violer.
— Ici ? Devant ces gens ?
— C'est permis, non ? demanda-t-elle à une vendeuse pratiquement nue.
— Mais oui, madame. C'est même conseillé. Un article vous tente ?

J'ai fouetté doucement, testé plusieurs modèles de fouets, j'ai menotté sans trop serrer, j'ai lié avec tendresse, j'ai bandé les yeux de ma belle amie dénudée et offerte.

Et là, tout est parti en vrille.
Une beauté sculpturale avec une poitrine arrogante débordant d'une tenue en latex, probablement une dominatrice avec des cuissardes écarlates me bouscula et prit ma place, visiblement agacée par mon manque de vigueur. Je l'avais remarquée depuis quelques minutes, nous observant et s'énervant donnant de petits coups secs avec sa cravache.

Un type portant un slip ridiculement petit, me tira par le bras.
— Laisse-les mon pote. Viens voir mon stand, tu ne seras pas déçu !

— Mais enfin…
— Tu ne veux pas expérimenter le sexe ultime ? La jouissance extrême ? Tu n'en as pas marre de baser toujours la même ? J'ai les capotes retardantes, les meilleures du marché et tu peux tester avec les plus

belles filles du salon. Des pros du X ! Du premier choix ! C'est une occasion à ne pas manquer ! C'est le genre de filles que des types comme nous… Enfin tu me comprends.
— Mais… Vraiment ?
— Quel genre de fille tu recherches ? Blonde, brune ?
— Brune, ma foi, ma compagne est blonde, alors, pour changer.
— Athlétique, normale, bien en chair ?
— Athlétique.
— Cheveux longs ou courts ?
— Longs ! Avec une frange, ce serait bien.
— J'ai ce qu'il te faut. Douce ou salope ?
— Salope ? C'est...
— Remarque, elles le sont toutes. Tu ne seras pas déçu.
— Et jeune si possible… Enfin plus jeune que moi quoi, mais majeure, hein ?
— T'inquiète, on reste dans la légalité.
— Cela me paraît parfait.
— Carte bancaire !

Je donnai la carte de Carine, trop honteux pour donner la mienne. Un homme comme moi, s'abaisser à un rapport tarifé. Mais dans ce salon, on pouvait facilement perdre le sens des réalités, il ne faut pas me juger trop sévèrement.

Je ne savais pas à quoi m'attendre n'ayant jamais eu l'occasion de fréquenter de prostituées. J'étais plein d'a priori, je craignais le pire. Mais une brune

aux yeux verts arriva, une beauté éblouissante, suffocante, des formes voluptueuses que la ménagère lambda ne peut avoir. Elle répondait à tous les critères que j'avais demandés et même, elle dépassait mes attentes. Elle parla avec une voix suave, son regard était envoûtant.
— Je suis Laura, ta démonstratrice. Je te plais ?
— Mademoiselle… Vous êtes… charmante.

Ce qui se passa ensuite ? Je n'en garde aucun souvenir. Il y a des femmes, comme cette Laura, qui peuvent vous faire tout oublier, jusqu'à votre identité, tant elles sont belles. C'est ce que m'expliqua mon psy. Non, je n'étais plus maître de moi, de mon destin, je n'étais plus responsable de mes actes. J'avais perdu la raison, j'étais parti très loin.

13

J'étais mort, mais c'était étrange ; je baignais dans une douceur dorée, tout ce que je voyais était entouré d'un halo lumineux et je me sentais divinement bien. J'entendais des voix lointaines, des exclamations... Mais cela ne m'atteignait pas, je m'en fichais éperdument. Des visages inquiets s'approchaient de moi et m'observaient puis disparaissaient.

— Oh putain ! Il est mort ?

— Bah non, il bande toujours !

— Les morts, ça bande pas ?

— En théorie non.

— Poussez-vous ! On ne va pas laisser perdre une trique pareille !

— T'es folle !

— Bah, de toute façon, il est mort ! Ça le dérangera pas.

— Il est pas mort, il nous regarde, tiens, il sourit.

— Ouais ! Il aime ça qu'on lui tienne la queue !

— Faut appeler un docteur !

— Bah, attends un peu que je finisse ! Oh, c'est trop bon !

Une nouvelle explosion de bulle de Champagne dans ma tête. C'était ça la mort ? Pas de quoi en faire un tel drame, c'était au contraire une extase totale.
— Hubert ! Oh mon Dieu ! Il est mort ? Hubert, parle-moi ! Dis quelque chose, même une connerie... Hubert ! Mais qu'est-ce que tu as fait ? Espèce de salaud, je t'interdis de mourir !

C'était la voix inquiète et terrifiée de ma Carine.
— Quasi, fit une voix doctorale.
— Quasi quoi ? Mais qu'est-ce que vous dites ?
— Il est quasi mort.
— Pardon ?
— Excès d'endorphines, d'hormones du plaisir. Il est dans une sorte de coma vigile, il plane très loin, très très loin. Overdose de sexe. Jamais vu un cas pareil. Alors lui il a vraiment abusé de la baise. Il n'a plus l'âge, les gens ne savent pas se contrôler, c'est dingue. C'est comme un *karoshi** mais sexuel, un karo-chi, quoi. Le pauvre homme.
— Mais docteur, il était assoiffé comme un taulard qu'aurait pas baisé depuis dix ans ! Il y a vraiment des mecs trop malheureux et leurs femmes, des vraies salopes qui veulent jamais baiser ! Et avec les capotes retardantes... C'est trop efficace ce truc, je l'ai dit, j'avais prévenu, fit la voix suave de Laura.
— Il a forniqué combien de fois ? demanda la douce voix de Carine avec un frémissement sensible dans l'intonation, une note d'agacement.
— On ne peut pas savoir... Moi, ma copine Astrid en a

profité aussi vu qu'il bandait toujours... Et puis Odile aussi... Comme il sourit, on s'est pas affolées.
— Hubert ! cria Carine, arrête de bander, connard !

Je crois qu'elle me gifla, mais je ne sentais rien vu que j'étais mort, je m'en fichais éperdument. J'étais dans un monde merveilleux, tous les concepts m'apparaissaient clairement, j'étais soudain doté d'une supra-intelligence. L'univers n'avait plus de secrets pour moi. J'avais vu ce que nul humain ne peut contempler, j'étais l'égal d'un Dieu, mais en mieux, parce que Dieu est frustré par sa création, c'est pourquoi il punit sans cesse l'homme, alors que moi... je me fichais de tout, j'étais indifférent. Moi, j'étais heureux.
Oppenheimer a dit au soir de la première explosion atomique « je suis devenu la mort, le destructeur des mondes ! ». Il aurait mieux fait d'essayer la capote retardante avec Laura.

Pourtant, inexorablement, il me semblait remonter vers un état de conscience normal. Je redevenais le professeur Stan.
— Mais Docteur, il va reprendre conscience ? fit la voix de Carine.
— La descente va être terrible. Il est possible qu'il lui reste des séquelles...
— Des séquelles ? Mais de quel genre ?
— Sphincters. Il peut pisser partout !
— Pisser partout ? Mais qu'est-ce que vous racontez ?
— Oui, comme les chiens, pour marquer son

territoire...

— Vous êtes vraiment docteur ?

— Santé Publique France, madame !

— Ah, fit Carine avec un respect total pour l'institution qui avait sauvé la France durant la grande crise covidique.

Je baissai les yeux, délaissant le plafond morne de ce hangar démoralisant que j'avais pris pour l'infini de l'univers et je pus regarder ce docteur qui parlait de moi. Il était nu avec un stéthoscope autour du cou. C'était bien un docteur, aucun doute possible.

Je sentis des picotements dans mon pénis et un froid se répandit dans mon corps. Mon âme semblait mourir.

— Oh, il débande ! Regardez !

— Il revient à lui !

— Hubert !

— Oh putain, il pisse !

— Le jet est bon !

— Hubert, retiens-toi, c'est indigne d'un homme comme toi ! Et arrête de sourire bêtement !

— Attendez, il va parler...

— Laissez-le respirer !

— C'est mon homme ! Qu'est-ce que tu dis, mon amour ?

— On n'entend rien !

— Plus fort !

— Qu'est-ce qu'il s'est passé ? J'étais persuadé que j'étais mort. J'ai fait quelque chose de mal ? dis-je avec

une voix éraillée.
— En attendant, tu t'es pissé dessus ! Rhabille-toi on s'en va ! fit Carine avec un regard noir.
— Je boirais bien un petit café serré, fis-je, tout étourdi.

Sans me laisser le temps de reprendre mes esprits, Carine me releva et m'entraîna à l'écart de la foule des curieux pour me rhabiller. Avec trois enfants, elle avait une certaine habitude. Elle grognait et grommelait :
— Tu m'as laissée dans les mains d'une salope qui m'a violée ! J'ai vécu une torture comme jamais je n'aurais pu imaginer. Et puis maintenant ça ! Tu t'es tapé toutes les femmes de la convention. Tu es un monstre ! Tu m'as beaucoup déçue.
— Carine… Ce n'est pas ma faute. J'ai perdu pied. C'est probablement une hypoglycémie.
— Mon cul, oui ! Ne dis plus rien, espèce de pervers ! Tu as pissé en public, tu as baisé des putes qui pourraient être tes filles, avec des seins refaits… C'est une honte ! Tu n'as pas honte, vieux pervers ?
— Je n'avais pas conscience. Toi, tu urines bien devant moi…
— Pour toi. Uniquement pour toi ! Pour assouvir tes fantasmes ignobles. Oh, cet homme ! Tu me détruis Hubert ! Tu me détruis !
— Mais enfin… Je ne me rappelle de rien. Je suis innocent, Carine, j'ai des circonstances atténuantes !
— Ça va se payer, crois-moi ! Ça va se payer cher ! C'est

une humiliation totale...
— Pardon ! Pardon ! Ah… Il faut que je me soulage.
— Hubert, je te défends !

Oui, j'étais revenu dans la triste réalité, mais j'étais changé, marqué par mon expérience karmique extraordinaire. J'étais allé trop loin dans la compréhension du monde. J'avais franchi un cap. J'avais tellement envie de pisser.

* *Karōshi : 過労死?, littéralement « mort par dépassement du travail »*

14

Alors oui, j'ai quitté Carine, mais c'était mieux pour tout le monde, enfin surtout pour elle et son mari.
De toute façon, après l'épisode fatidique du salon Sexy-Porn, rien n'alla comme avant, quelque chose s'était cassé, la magie était rompue. Il faut bien comprendre que depuis son expérience sado-maso avec une dominatrice, Carine avait de graves problèmes psychologiques que sa thérapeute avait bien du mal à gérer. Son expérience homosexuelle avait réveillé en elle une conscience conservatrice. À présent, elle voulait une sexualité « normale » et conformiste et avait décidé d'abandonner le SM.
— Tu es un pervers Hubert, ta sexualité est trop perturbante et trop envahissante pour une honnête femme. Il fallait que cela s'arrête.

Et par ailleurs l'ex de Carine, le père de ses enfants, largué par sa « crise de la quarantaine » pleurait pour revenir ; sa jeune compagne, Louise, 23 ans, fashionista, vendeuse de son état, complètement fofolle, s'était lassée de manière incompréhensible du quadra qu'elle trouvait immature et « pas assez burné ». Cela fut l'objet d'âpres discussions, Carine prenant vaillamment la défense de « son » mari au nom de l'honneur familial.

Lassée, elle m'expliqua que c'était dans l'intérêt de ses enfants d'avoir une famille unie, qu'il fallait que je fasse preuve d'abnégation, de générosité et que je m'efface avec tact, que notre aventure n'était rien qu'une passade, un délire érotique sans importance. C'était une manière polie de me mettre à la porte selon le principe : dernier arrivé, premier sorti.

Aussi, j'emballai mes quelques affaires survivantes des brutalités de la marmaille et retrouvai mon appartement de la rue de Grenelle, au dernier étage de mon immeuble, sous les toits. Rien n'avait bougé, mes bibliothèques surchargées de livres et de la poussière du temps, scories des vaines illusions humaines, mes notes illisibles même par moi, mes cahiers brouillons de romans et essais qui ne paraîtraient jamais.
Ce qui me choqua le plus, ce fut le silence : pas de cris, personne n'appelait Hubert à tout moment. C'était tellement reposant, comme si le monde enfin cessait de grincer, comme si la dissonance existentielle se taisait.

D'un pas lent, redoutant de faire grincer une lame du parquet, j'allai à ma vieille platine *vintage Bang&Olufsen*. Le CD Mahler de la symphonie Résurrection était toujours à sa place. Je lançai la lecture et me laissai sombrer dans la musique.

Me laissant choir au sol, je restai prostré longtemps après que la musique se fut tue. Je n'étais plus qu'une épave rejetée sur la grève par le ressac. Je venais de comprendre que j'étais désormais un vieux con, seul et oublié du monde, totalement inutile et obsolète. Je résolus de mourir et cessai de m'alimenter. Sans ma voisine dévouée, madame Flapis, j'aurai trépassé ou au minimum, fini aux urgences, l'aboutissement de tous les problèmes Français, car dans notre beau pays, personne ne meurt sans l'accord d'un médecin.

Je repris ma vie d'enseignant dédaigneux, craint et poussiéreux. La vie s'écoulait monotone et morne comme la plaine de la *Belle-Alliance**. Non, je n'étais point malheureux, je ne pleurais presque plus.

J'eus l'opportunité d'animer un atelier d'écriture grâce à ma bonne madame Flapis qui avait des connaissances à la Mairie. Cela me donnait un peu de distraction. Des jeunes écervelés s'imaginaient avoir du talent pour l'écriture. Les sots ! Tout a déjà été écrit, *ite misa est* ! Enfin, cela me donnait l'opportunité de leur faire découvrir quelques textes et de bribes de culture. On ne se refait pas. J'étais un enseignant, j'enseignais.

Et puis un jour, l'inattendu se passa. C'est comme si Dieu jouait aux dés avec mon destin et s'ingéniait à ficher de moi.
— Hé salut, toi ! C'est dingue de te retrouver ici !

Je levai les yeux vers l'impertinente qui m'apostrophait de la sorte : une jeune femme, brune, des yeux verts époustouflants, une frange, athlétique, un sourire mutin... Elle portait une jupette si courte que, légèrement penchée vers moi assis à ma table, je suis sûr que le reste de la salle lorgnait sur sa culotte.
C'était la divine Laura, du salon Sexy-Porn ! J'en restai saisi de surprise.
— Vous... écrivez, ma chère ?
— Bah oui. Je veux écrire mon autobiographie.
— N'êtes-vous pas un peu jeune pour...
— Bah, j'ai 22 ans quand même ! J'ai eu une vie de dingue !
— Ah... C'est vrai que...
— Tu pourras m'aider ? Je ne serais pas ingrate... Tu me connais. J'ai déjà un éditeur, un ancien ex, il peut rien me refuser, il aime trop quand je le suce.
— Mais certainement... Vraiment ?
— Toi alors ! fit-elle, éclatant d'un rire si franc, si vif...

C'était un rayon de soleil dans ma terne vie maussade, une bouffée de plaisir instantané.

Je ne me rappelle de rien de cette séance de l'atelier d'écriture. Il y a des femmes comme cette Laura qui sont capables de vous faire tout oublier. L'oubli c'est bien, l'oubli c'est bon.
La mémoire n'est qu'un tourment, l'intelligence n'est qu'un handicap pour ceux qui cherchent un peu de

bonheur dans la vie. Même si c'est déprimant, c'est la triste réalité.

J'ai quitté la séance, tard dans la soirée, Laura se pressait contre mon bras, me racontant des choses dont je ne comprenais pas un traître mot tant la syntaxe était altérée. Mais j'aimai le son de sa voix babillante et son rire incessant, sa gaîté, sa joie de vivre.

Sa manière de se tenir tout contre moi, me rappela Carine. J'étouffai un sanglot. Avec Carine j'avais connu le bonheur et il m'avait été enlevé.
Je mourrai peut-être dans les bras de Laura. C'est tout ce que je souhaite, parce que le destin de l'homme n'est qu'une imposture. Dieu est un tricheur !

FIN

* lieu-dit marquant du site sur lequel s'est déroulée la bataille de Waterloo, situé sur le territoire de Lasne (Plancenoit).

POSTFACE

Vous avez aimé ce roman ?
Passez le mot. Passez le texte et laissez un commentaire gentil.
L'écrivain se nourrit de ses lecteurs.
Vous aimerez (je l'espère) mes autres romans ou mes recueils de nouvelles :

1. Le murmure du violon
2. Élixir
3. Mégane
4. Laisse venir
5. Pas moi !
6. Thérapie de groupe
7. Le voyage au bout de la vie
8. Distanciation sociale
9. La rêveuse
10. La vie, la mort et le reste
11. Aphantasia
12. Boulot de rêve
13. Perversion

14. Cassiopée
15. OMG !
16. Libertine

1. Insouciance (recueil de nouvelles de l'année 2019)
2. Les nouvelles étranges
3. Éphémère (nouvelles – 2020)
4. Les histoires immorales (nouvelles – 2021)
5. Douces impertinences (nouvelles - 2020)

Vous voulez participer, échanger, suggérer, critiquer (gentiment), ou simplement parler :
Sur Facebook : docno01
Par mail : docno@gmx.com

Sur Chess.com ou Lichess : trixno

Ou sur le site d'écriture l'**Atelier des auteurs**, sur lequel je publie régulièrement des projets, des ébauches, des débuts de romans.

REMERCIEMENTS

à Anne Cécile pour son soutien, ses encouragements et les corrections.

à Sylvie pour sa présence.

À PROPOS DE L'AUTEUR

Docno

Docno est un mystère, une énigme. Il ne se cache pas, non il préfère rester dans l'ombre et le confort d'une double identité.

Docno aime : le golf, les échecs, les femmes, parler de lui à la troisième personne, la vitesse...

Retrouvez moi sur :
Sur Facebook : docno01
Par mail : docno@gmx.com

Ou sur le site d'écriture l'Atelier des Auteurs.
Sur Chess.com : trixno

LIVRES DE CET AUTEUR

Omg !

Une aventure palpitante à Monaco, La Havane, Miami, Zagreb avec Lorenzo le séducteur irrésistible et agaçant avec des femmes fabuleuses. Une plongée dans l'univers des milliardaires et de la jet-set. Une pincée de sexe, de violence, de suspens... Agitez, servez bien frais.
Une fois commencé, vous ne pourrez pas lâcher ce roman.

Toujours le style vivant et facile à lire... D'ailleurs un Docno ne se lit pas, il se dévore.

Perversion

Une plongée épique dans le monde de la perversion, de la luxure, du tantrisme en mode déjanté et humoristique. Une femme exemplaire qui prend en main son destin et... un homme volage totalement désinhibé... Une critique sociale et des références impertinentes, comme d'habitude. Toujours un style vivant, facile à lire. D'ailleurs Docno ne se lit pas, il se dévore.

Cassiopée

Un conte philosophico-humoristique avec une pointe d'impertinence et un zeste d'irrévérence. La vie mouvementée de Cassiopée la célèbre princesse (la plus belle femme du monde) aux prises avec les réalités de la vie. Une aventure haletante. Un texte court et facile à lire, plein de rebondissements. D'ailleurs on ne lit pas Docno, on dévore.

www.ingramcontent.com/pod-product-compliance
Lightning Source LLC
LaVergne TN
LVHW012102160826
845678LV00014B/2908

* 9 7 9 8 8 4 4 1 7 7 5 3 8 *